BAD BOSS DATING

ANABELLE WILDBUCH

W0296618

PASSION BOOKS

INHALT

1

SCHWIERIGE VERHÄLTNISSE

Ich könnte diesem schrecklichen Kerl den Hals umdrehen!

Mein Boss stand vor meinem Schreibtisch und durchbohrte mich mit seinem kühlen Blick.

Seine Mimik sagte, dass er mich mal wieder für die unfähigste Mitarbeiterin hielt, die er jemals gehabt hatte. Dabei versuchte ich doch nur, meine Arbeit so gut wie möglich zu machen.

„Verzetteln Sie sich nicht immer mit dem Kleinkram, Ms. Martin! Ich will es Ihnen nicht noch einmal sagen müssen: Wir denken hier *big*!"

Ja, ja ... big! Wenn es Ärger gibt, weil das Angebot vorne und hinten nicht stimmt, muss ich es ausbaden!

Es wäre ja nicht das erste Mal ...

Er kam noch näher an meinen Schreibtisch heran, stützte seine Hände auf der Platte ab und beugte sich zu mir herunter. Seine blauen Augen sprühten Funken.

Wie hypnotisiert sah ich zu ihm auf.

„Sie werden das Angebot in einer Stunde fertig haben",

befahl er. „Die Details werden geklärt, sobald der Auftrag da ist. Verstanden?“

Ich schluckte. Obwohl ich wusste, dass es zwecklos war, diesem Ignoranten zu widersprechen, tat ich es trotzdem.

„Aber richtig muss es auch sein“, beharrte ich auf meiner Meinung. „Sie können dem Kunden doch kein Angebot hinknallen, bei dem jeder dritte Posten zu einem Streitfall wird.“

Ich hörte es selbst. Meine Stimme ging, wie so oft, wenn ich mit ihm sprach, am Ende eines Satzes nach oben. So, als wären meine Worte keine Aussage, sondern die Frage eines unsicheren Mädchens, das vor dem großen Boss kuschte.

Deshalb wartete ich seine Antwort erst gar nicht ab. Ich drehte mich mit einem Ruck von ihm weg und starrte auf den Bildschirm meines Computers. Als wäre er nicht mehr da, legte ich meine zitternden Hände auf die Tastatur, um das Angebot an einen unserer wichtigsten Kunden so zu tippen, wie *er* es wollte.

„In einer Stunde, Ms. Martin!“, blaffte er.

Dann verließ er mein Büro und ich atmete auf.

Ich sollte mir einen anderen Job suchen ...

Und zwar ziemlich bald.

Nach eineinhalb Stunden war ich endlich fertig mit der Arbeit. Und mit den Nerven. Mein Kopf schmerzte von meinen vielen Überlegungen. Ich hasste es, etwas abzuliefern, das gegen meine Überzeugung ging.

Aber nun stand das Angebot und ich schickte es per Mail zu meinem Boss, damit er es absegnete und ich es an den Kunden weiterleiten konnte. Darauf, ihm den

Ausdruck selbst rüberzubringen und mir einen Rüffel abzuholen, legte ich absolut keinen Wert.

Ich starrte auf den dunklen Bildschirm und trommelte mit den Fingernägeln auf dem Schreibtisch herum, obwohl ich noch eine Menge anderer Arbeiten zu erledigen hatte. Aber ich war zu aufgeregt dafür.

Es waren knappe drei Monate, seit Anthony Hanson als neuer CEO in unsere Firma gekommen war. Ob es sein erster Job im Bereich Klimatechnik war, verriet er nicht. Am Anfang war er höflich und fast schon charmant zu mir gewesen. Ich hatte geglaubt, den Jackpot geknackt zu haben. Ein Boss, der sympathisch war und auch noch verboten gut aussah mit seinem markanten Gesicht und dem Dreitagebart, den er so oft trug.

Ich seufzte.

Damals hatten seine Augen aufgeblitzt, wenn er mich ansah und ein Lächeln hatte seine Lippen umspielt.

Steht der etwa genauso auf dich, wie du auf ihn stehst?, hatte ich mich gefragt und gehofft, dass ich mir das nicht nur einbildete.

Doch damit war es nach wenigen Tagen vorbei gewesen. Denn er hatte gemerkt, dass ich eine *Transuse* war, wie er es einmal so nett ausgedrückt hatte, als er mit mir alleine war und nicht befürchten musste, dass es jemand hören könnte. Unsere Ansichten bezüglich der von mir zu erledigenden Arbeit klafften meilenweit auseinander. Da konnte ich ihm noch so ausführlich erklären, warum es wichtig war, gerade bei der Kalkulation von Angeboten pingelig genau zu sein.

Er sprach von großzügiger Auslegung und dass wir mit meiner Vorgehensweise keinen einzigen Auftrag bekämen.

Ich wollte ihm klarmachen, dass sein Vorgehen Betrug am Kunden war.

Von jetzt auf gleich waren wir wie Hund und Katze. Ich fauchte, er bellte.

Und trotzdem schlug mein Herz noch immer schneller, wenn er mein Büro betrat, obwohl ich mir in seiner Gegenwart unbedeutend, klein und hässlich vorkam.

In den ersten Wochen hatte ich mir die Mühe gemacht, meine langen Haare mit dem Lockenstab zu bearbeiten, bis sie mir in Wellen über die Schulter fielen. Jetzt band ich sie zu einem Pferdeschwanz zusammen und fertig.

Ich verbrachte keine Ewigkeit mehr im Badezimmer, um meine braunen Augen und vollen Lippen zu betonen. Ein wenig Lipgloss, um nicht ganz so farblos auszusehen, tat es nun auch.

Meine hübschen, figurbetonten Kleider blieben im Schrank. Von den High Heels mal ganz zu schweigen. Stattdessen trug ich Jeans, T-Shirt und Flachtreter.

Im Backoffice war es egal, wie ich aussah. Mr. Hanson konnte ich sowieso nicht mehr beeindrucken. Er hatte so eine fiese Art, von oben auf mich herabzuschauen, als sei ich eine Made, die er am liebsten zertreten würde. Und das nur, weil ich nicht so schnell und oberflächlich arbeitete wie er.

Da ich bereits ein Dreivierteljahr vor ihm in der Firma gewesen war, hatte er sich damit abfinden müssen, dass es mich gab. Aber er wollte mich wohl aus den Augen haben. Denn er hatte mich von der Kalkulatorin, die im Nebenzimmer residierte, zur Handlangerin gemacht, der er ein winziges Zimmer am Ende des Flures zuwies. Und er zeigte mir jeden Tag aufs Neue, wie wenig er von mir hielt.

Ich sollte ihn wegen Mobbing anzeigen!

Auf meinem Bildschirm blinkte eine Mail auf. Ich las den Namen des Absenders.

Anthony Hanson.

Pah! Dieser hochtrabende Name! Anthony!

Wenn ich wütend auf ihn war – und das war ich ziemlich oft – nannte ich ihn in Gedanken Bad Tony, um ihn genauso zu degradieren, wie er es mit mir gemacht hatte.

Mit zittrigen Händen öffnete ich die Mail. Ich sollte das Angebot umgehend – mit Ausrufezeichen! – an den Kunden schicken. Es war nicht schwer, die Botschaft hinter seiner Anweisung zu erkennen. Ich war ihm mal wieder zu pingelig und zu langsam gewesen.

Transuse …

Ich schnaubte und schickte die Mail weiter, nicht ohne Absender und Inhalt noch einmal kurz zu überfliegen. Ja, ich war pingelig. Aber ich konnte nicht anders. Dieses oberflächliche Drübergehusche war nicht mein Ding. So etwas raubte mir den Schlaf.

Wenigstens hat er mich nicht mit seiner Anwesenheit beehrt, murmelte ich vor mich hin.

Doch da hörte ich auch schon seine Schritte, die ich unter tausend anderen erkannt hätte.

Poch, poch, poch … machte mein törichtes Herz.

Wie ein Wirbelwind fegte er in mein Zimmer, warf mir ein paar Unterlagen auf den Tisch, bellte mich an, dass die Vorgänge *noch heute* zu erledigen seien, und schon war er wieder draußen.

Ich sah auf die Uhr. In einer halben Stunde hatte ich Feierabend. Bis ich die Aufgaben alle geschafft hätte, würde ich mindestens die dreifache Zeit brauchen.

Bad Tony, du verdammter Arsch!

„Du solltest dir einen neuen Job suchen!“, sagte meine Freundin Jessy, nachdem ich ihr mein Leid geklagt hatte.

Wie jeden Freitagabend hatten wir uns in einem Diner getroffen, um etwas zu essen und danach noch einen Drink in einer der Szenebars in Wicker Park zu nehmen. Das war der Stadtteil, in dem ich auch wohnte.

„Schick ihn mir vorbei, sobald du einen siehst“, antwortete ich und biss beherzt in meinen dreistöckigen Hamburger.

Das Thema *Anthony Hanson* und *Jobwechsel* kauten wir jedes Mal durch, wenn wir uns sahen. Dass es nicht so einfach war, etwas Vernünftiges zu finden, auch.

„Aber dich kann man aus dieser Firma ja nur mit dem Skalpell herausschneiden“, grinste sie. „So schnell lässt du *deinen Tony* doch nicht sausen.“

Pfff!

„Und was gibt es bei dir Neues?“, lenkte ich ab.

Ich kannte ihre Meinung über mich und meinen Boss. Sie hatte sie mir schon oft genug um die Ohren gehauen.

„Ich habe morgen ein Date“, tat sie geheimnisvoll.

„Mit wem?“

„Mit einem Typen, den ich im Singleforum kennengelernt habe.“

„Ach so ...“

Ich winkte ab. Meine Freundin war von dem Gedanken besessen, bald zu heiraten und Kinder zu kriegen.

„Mit Ende zwanzig wird die Luft dünner“, war ihre Begründung dafür, sich jede Woche mit mindestens einer Chatbekanntschaft zu treffen. Mehr als ein lustiger Abend mit einem der Jungs war bisher noch nicht dabei herausgekommen.

„Er sieht gut aus, hat einen seriösen Beruf und ist im

richtigen Alter, um der Vater meiner Kinder zu werden“, schwärmte sie.

„Ich drücke dir die Daumen“, lächelte ich.

Aber ehrlicherweise glaubte ich nicht so recht daran, dass man im Internet auch nur *einen* Mann kennenlernen konnte, der nicht in irgendeiner Art gestört war.

„Rufst du mich so gegen halb acht an? Du weißt ja ...“

Ja, ich wusste. Es war jedes Mal dasselbe Spiel. Eine halbe Stunde, nachdem sie das Date gestartet hatte, wählte ich ihre Telefonnummer.

Wenn sie ranging und sagte: „Tut mir leid, ich bin unterwegs“, amüsierte sie sich mit ihrem Date.

Fragte sie aber, wie es mir ginge, säuselte ich etwas in der Art wie: „Gar nicht gut. Ich habe gerade Muffensausen.“

Dann antwortete sie mit: „Ach, du Arme! Ja, ja, ich komme gleich“, und mir war klar, dass sie mal wieder eine Niete gezogen hatte, der sie das Märchen auftischte, dass ihre beste Freundin sie ganz dringend brauchte.

In diesem Fall tauchte sie meist wenig später bei mir auf und wir machten uns einen schönen Abend.

„Probiere es doch auch mal aus“, sagte sie zum x-ten Mal zu mir. „Vielleicht hast du ja mehr Glück als ich. Also ich meine, als ich es bisher hatte. Morgen treffe ich ja meinen Hauptgewinn.“

Sie lächelte mich zuversichtlich an.

Ich schluckte den letzten Bissen hinunter, wischte mir den Mund mit der Serviette ab und lächelte ebenfalls.

„Ich wünsche es dir wirklich von ganzem Herzen“, sagte ich. „Doch ich habe keine Lust, auch noch in meiner Freizeit am Computer zu kleben. Da fasse ich lieber auf eine heiße Herdplatte und verbringe den Abend im Krankenhaus.“

~

Aber tatsächlich verbrachte ich den Samstagabend damit, mich zu Tode zu langweilen.

Am Vormittag hatte ich eine Maschine mit dunklen und eine mit hellen Sachen gewaschen. Dazwischen hatte ich das Badezimmer geputzt, ein wenig aufgeräumt und überall gesaugt.

Nachdem ich die Wäsche aus dem Trockner geholt und zusammengelegt hatte, war ich mit der Hochbahn in die Innenstadt gefahren und war durch die Läden gebummelt. Ich hatte eigentlich nichts gebraucht, doch am Ende hatte ich mir ein neues Kleid gekauft. Es war dunkelgrün, hatte einen tiefen V-Ausschnitt und einen Schlitz an der Seite. Damit hätte ich jeden Mann verführen können.

Nur nicht den, der dir am besten gefällt, denn für den bist du durchsichtig wie Glas.

Ich hatte noch einen Kaffee getrunken und mir ein Sahnetörtchen genehmigt, bevor ich wieder nach Hause gefahren war. Nun war es früher Abend, ich stand vor meinem Schrank und schob Kleiderbügel zur Seite, weil ich vor lauter Langeweile angefangen hatte, alte Klamotten auszusortieren.

Als sich auf meinem Bett mehrere Hosen, T-Shirts, Blusen und Pullis türmten, sah ich auf die Uhr.

Ups!

Gleich viertel vor acht. Höchste Zeit für den Anruf bei meiner Freundin.

Ich holte mein Handy, drückte auf die eins, unter der ich ihre Nummer gespeichert hatte, und hoffte ein wenig darauf, dass es so wie meist enden und sie in einer halben Stunde bei mir sein und mit mir ausgehen würde.

Als sie ranging, sagte sie: „Du, ich kann jetzt leider

nicht", und legte auf, bevor ich ihr einen schönen Abend wünschen konnte.

Na, dann amüsiere du dich wenigstens.

Ich ließ mich neben den Kleiderberg fallen und starrte vor mich hin, während ich mir die Möglichkeiten aufzählte, die ich jetzt hatte.

Hierbleiben und den Fernseher einschalten oder lesen.

Gähn ...

Ausgehen und Spaß haben.

Besser!

Doch mit wem? Ich war noch nie gut darin gewesen, mir einen großen Freundeskreis aufzubauen. Außer meiner Freundin gab es nur ein paar Bekannte. Aber wer von denen hatte so kurzfristig an einem Samstagabend Zeit?

Ich würde hierbleiben, alle abtelefonieren oder gleich alleine ausgehen müssen.

Noch bevor ich auf die Idee kam, mein Vorhaben infrage zu stellen, stand ich auf, holte das neue Kleid, zog es an und frischte mein Make-up auf. Dann schlüpfte ich in ein paar High Heels und als ich fertig war ... setzte ich mich hin und schob den Kleiderberg beiseite. *Wo* sollte ich hingehen? So ganz ohne Begleitung ...?

Wieder spielte ich alle Möglichkeiten durch. In meinem Viertel gab es einige Bars und Clubs, die ich zur Auswahl hatte. Am einfachsten wäre es natürlich, dorthin zu gehen, wo ich mit Jessy freitags immer meinen Drink nahm und zumindest die Leute hinter der Theke kannte.

Seufzend erhob ich mich, tauschte das auffällige Kleid gegen ein Paar Jeans, eine weiße Bluse und einen Blazer und ging in die Küche. Im Kühlschrank war eine angebrochene Flasche Wein. Ich goss mir ein Glas voll und trank es in einem Zug leer.

Los!

Abmarsch.
Jetzt!

Ich ging schnurstracks auf die Theke zu und setzte mich auf einen Hocker.

„Ein Glas Weißwein bitte“, bestellte ich das Erstbeste, das mir in den Sinn kam.

Ohne meine Freundin auszugehen ... Das war einfach nicht mein Ding. Ich fühlte mich unsicher, hatte das Gefühl, dass mich alle anstarrten und mich bedauerten, weil ich alleine war.

Das erinnerte mich an eine Phase meiner Schulzeit, als meine damalige Freundin wegzog und mich zurückließ. Plötzlich hatte ich niemanden mehr, mit dem ich die Pause verbringen konnte und weil ich nicht wollte, dass jemand meine Einsamkeit bemerkte, wanderte ich auf dem Schulhof herum, stellte mich mal zu der einen, dann zur anderen Gruppe, gehörte nirgends dazu und fühlte mich einfach nur grässlich!

Wenn endlich die Glocke läutete, um uns zurück in die Schulräume zu holen, atmete ich erleichtert auf.

Ich schüttelte mich bei der Erinnerung an diese Zeit, denn ich hörte noch das Kichern der anderen Mädchen und ihre gehässigen Bemerkungen, die nur bruchstückhaft bei mir ankamen.

Schnell nahm ich das Glas entgegen, das der Barkeeper mir reichte, trank einen großen Schluck und hielt weiterhin den Stiel umklammert, während ich tief durchatmete.

Das war auch so etwas. Wo sollte ich meine Hände hintun, damit ich nicht wie das Mauerblümchen auf seinem ersten Ball wirkte, sondern lässig rüberkam?

Entspann dich, Rebecca!

Ich stellte das Glas ab, drehte mich auf dem Barhocker um, schlug ein Bein über das andere und versuchte, ganz cool zu wirken. Dann ließ ich meinen Blick schweifen, um zu sehen, ob jemand da war, den ich kannte.

Ich scannte jeden Quadratzentimeter des Lokals ab, um auch niemanden zu übersehen. Aber nein. Von den Leuten, die sonst immer hier waren, konnte ich weit und breit keinen entdecken.

Ich drehte mich zurück, trank einen Schluck und zupfte an der Schließe meiner Tasche herum.

„Wie geht es dir, Rebecca?", fragte einer der Barkeeper.

„Gut", antwortete ich, dankbar, dass mir jemand seine Aufmerksamkeit schenkte. „Und dir?"

Er nickte.

„Muss!"

„Ganz anderes Publikum heute."

„Sieht so aus."

Damit war unsere geistreiche Unterhaltung auch schon beendet, denn er wandte sich wieder seiner Arbeit zu. Ich trank einen Schluck und ärgerte mich, dass ich nicht zu Hause geblieben war.

Wenn wenigstens links und rechts jemand sitzen würde …

Sonst war es immer Glückssache, einen Hocker an der Bar zu ergattern. Aber so früh wie heute war ich mit Jessy noch nie hier gewesen.

Eine Weile starrte ich auf die Flaschen und versuchte, die Etiketten zu entziffern. Als ich damit durch war, zählte ich die Gläser auf den verspiegelten Regalen. Dann trank ich den Wein aus und drehte mich wieder zu den Tischen um.

Gab es keinen einzigen Mann, der zu mir herüberschaute? Wenigstens einen, der nur zu schüchtern war, mich einfach anzusprechen, und deshalb auf einen aufmunternden Blick von mir wartete?

Doch ich sah nur Paare und Leute, die zu mehreren am Tisch saßen und in Gespräche vertieft waren.

Ich sollte gehen.

Da betrat eine Gruppe gut aussehender Frauen die Bar. Die Mädels schienen eine Menge Spaß miteinander zu haben, denn sie schnatterten wild durcheinander, kicherten und lachten.

Schade, dass ich nicht auch dazugehöre …

„Zahlen bitte“, sagte ich zum Barkeeper, schnappte meine Tasche und rutschte vom Hocker.

Sehnsüchtig starrte ich hinüber zu den Mädels und schüttelte den Kopf.

Jetzt habe ich auch noch Halluzinationen!

Denn ich bildete mir ein, dass ein Mann dazugekommen war. Er saß neben einer auffallend gut aussehenden Blondine und man merkte sofort, dass die beiden der strahlende Mittelpunkt waren.

„Bitte zwei Flaschen Chardonnay und neun Gläser!“, rief er einem der Kellner zu.

Eine Halluzination, die Getränke bestellte?

Er sah zu mir her, stutzte für einen Moment, und ich wusste: Der Typ war echt!

Ich spürte, wie meine Wangen rot wurden, und drehte mich abrupt zur Theke.

„Zahlen bitte!“, rief ich ungeduldig.

„Bin ja schon da“, antwortete der Keeper. „Sieben Dollar fünfzig.“

Ich warf ihm einen Zehn-Dollar-Schein hin, drehte mich um und verließ fluchtartig die Bar.

Beim Hinausgehen hörte ich die Frauen kichern. Das klang genauso, wie damals auf dem Schulhof.

Einen Moment später stimmte der Mann mit seinem tiefen Lachen ein, das ich nicht nur ziemlich gut kannte, sondern in dieser Sekunde auch noch abgrundtief hasste.

2

STURZ INS ABENTEUER

Ich knallte die Wohnungstür zu, ließ die Tasche auf den Boden fallen und kickte meine Schuhe von den Füßen.

Was für ein Reinfall!

Meine Erwartungen waren ja nicht hoch gewesen, als ich losgezogen war. Aber dass mir ausgerechnet mein Bad Boss begegnen musste? Gab es in Chicago nicht Tausende von anderen Lokalen, in die er mit seinem Pulk Frauen hätte einfallen können?

Grrrr ...

Der amüsiert sich gerade prächtig als einziger Mann unter lauter gut aussehenden Weibern.

Und ich? Alleine an der Bar, geplagt von unangenehmen Erinnerungen aus Teenagertagen und nun alleine zu Hause mit noch schlimmeren Gefühlen als zuvor.

Ich schenkte mir ein Glas Wein ein, nahm einen großen Schluck und ließ mich auf mein Sofa plumpsen. Eine Weile beschäftigte ich mich mit dem Gedanken, was ein einziger Mann mit so vielen Frauen machte und wer diese Frauen –

allen voran die schöne Blondine neben ihm – wohl waren. Aber davon wurde meine Laune auch nicht besser.

Verdammt! Ich bin besessen von dem Typen. Das muss sich ändern!

Ich trank das Glas leer und als ich in die Küche ging, um es erneut zu füllen, fiel mein Blick auf den Tisch und das Notebook, das darauf stand. Es war dasjenige, das ich bei der Arbeit verwendete und das ich genau genommen gar nicht mit nach Hause nehmen durfte. Aber da ich oft noch etwas nach Feierabend fertig machte, damit Bad Tony nicht mitbekam, wie lange ich mich in Wirklichkeit mit den Arbeiten aufhielt, hatte ich es mir zur Angewohnheit gemacht, es einfach einzustecken.

Ich klappte es auf und schaltete es ein. Dann setzte ich mich hin und während es hochfuhr, wackelte ich ungeduldig mit meinen Beinen, als wollte ich vor der Situation, die gleich auf mich zukommen würde, weglaufen.

Du bist ja betrunken!

Gestern hatte ich noch zu meiner Freundin gesagt, dass ich lieber auf eine heiße Herdplatte fassen würde als das ... Und jetzt ...

Egal! Seine Meinung kann man schließlich ändern.

Jessy hatte mir den Namen des Singleforums so oft genannt, dass es keine Schwierigkeit war, es zu finden: *Love4You&Me.*

Ich sah mir die Seite an und rief ein paar von den männlichen Profilen auf, während ich ein weiteres Weinglas leerte. Mit dem Alkohol und den Fotos gut aussehender Männer stieg meine Laune.

Ich würde mir auch ein Profil anlegen und mich mit Männern treffen. Ein Date nach dem anderen würde ich haben. Solange, bis ich meinen Traummann kennenlernte und dann konnte mein Boss mich mal.

Ich kicherte.

Kurz dachte ich an die vergeblichen Versuche von Jessy. Doch den Gedanken schob ich schnell beiseite. Hatte sie nicht in diesem Moment eine Verabredung mit einem Mann aus dem Forum? Wahrscheinlich amüsierte sie sich gerade ganz schrecklich und das würde ich jetzt auch!

Ich rief die Maske auf, um meine Daten einzugeben.

Welchen Namen sollte ich dafür wählen?

Rebecca?

Nein!

Becca?

Erst recht nicht.

Ich legte den Zeigefinger an meine Lippen und überlegte. Es musste ein Name sein, der mit mir nichts zu tun hatte, damit keine Spur zu der Person dahinter, nämlich mir, führte.

Plötzlich kam mir eine Idee. Ich kicherte wieder und gab „Ms. Quickly“ ein. Wer mich kannte, wusste, dass ich von schnell-schnell nicht viel hielt. Am wenigsten bei der Arbeit. Wie hatte Bad Tony mich genannt?

Ach, ja. Transuse!

Grrrr ...

Ich trug ein paar Daten ein: Haare lang und blond, Größe einssiebzig, Figur schlank, Alter achtundzwanzig, Beziehungsstatus Single. Als Motto schrieb ich: *Leben und leben lassen.*

Bei Wohnort gab ich wahrheitsgemäß Chicago und meine Postleitzahl an. Bei der Frage, wie weit ich fahren würde, um meine neue Liebe zu treffen, drückte ich auf „10 Meilen“. Männer, die zu weit weg wohnten, interessierten mich nicht. Ich wollte mich ohne lange Autofahrt mit ihm auf einen Kinobesuch oder ein Eis treffen können.

Es gab noch weitere Fragen nach Hobbys, bevorzugter

Musikrichtung und dergleichen. Doch das würde ich vielleicht später ausfüllen. Jetzt wollte ich erst einmal einen dieser attraktiven Männer von der Startseite kennenlernen und mich Hals über Kopf in ihn verlieben!

So saß ich vor dem Notebook und harrte gespannt der Dinge, die da kommen würden ...

Zuerst einmal kam ... nichts. Ich hatte es schon befürchtet, dass ein Profil ohne Foto kaum jemand anklicken würde. Aber ich hatte keine Lust, mein Gesicht zur Schau zu stellen und erkannt zu werden.

Lieber schaute ich mir die Gesichter der Männer an. Ich klickte mich überall durch, doch die schönen Kerle von der ersten Seite konnte ich nirgends finden.

Die hatten wohl nur Frauen in das Forum locken sollen.

Alles Fakes!

Ich trank und blätterte mich durch den Katalog der lieferbaren Männer, klickte den einen oder anderen an und dann endlich blinkte es bei mir.

I want: *Was macht eine schöne Frau wie du so spät am Abend?*

Ich verdrehte die Augen.

Oh, nein!

Ms. Quickly: *Wie originell.*

I want: *Du bist doch sicher eine schöne Frau.*

Ms. Quickly: *Natürlich.*

I want: *Hast du Fotos für mich? Gerne etwas freizügiger. Du magst es ja schnell …*

Ms. Quickly: *Bye!*

Ich drücke den Chat weg. So einer fehlte mir gerade noch in meiner Sammlung. Gab es wirklich Frauen, die auf so etwas Plumpes ansprangen?

Ich nahm einen Schluck Wein und kicherte. Ja, der Alkohol war mir längst zu Kopf gestiegen. Aber es war das erste Mal, dass sich der heutige Abend gut anfühlte.

Inzwischen war es schon lange nach Mitternacht. Eigentlich sollte ich ins Bett gehen. Doch ich wollte nicht. Ich blätterte und klickte und verschickte ein paar Likes, damit die entsprechenden Herren der Schöpfung wussten, dass ich interessiert war, sie kennenzulernen.

Wieder blinkte es.

Man4you: *Guten Abend, Ms. Quickly!*

Ms. Quickly: *Warum so förmlich? Hi übrigens.*

Man4you: *Hi! Hast du etwas gegen Benimm?*

Ms. Quickly: *Ähm … In der virtuellen Welt?*

Man4you: *Was macht den Unterschied zu einem anderen Ort?*

Ms. Quickly: *Okay. Eins zu null für dich!*

Man4you: *Ich sehe, du bist neu hier.*

Ms. Quickly: *Brandneu sogar. Seit zwei Stunden oder so.*

Man4you: *Schon eine Bekanntschaft gemacht?*

Ms. Quickly: *Keine Vernünftige.*

Man4you: *Bei dem Namen hätte ich etwas anderes erwartet.*

Ms. Quickly: *Der Name muss nicht unbedingt Programm sein.*

Man4you: *Du hast ihn sicher nicht ohne Grund gewählt.*

Ms. Quickly: *So wie du deinen?*

Man4you: *Natürlich.*

Die Unterhaltung begann mir Spaß zu machen.

Ms. Quickly: *Trinkst du einen Wein mit?*

Man4you: *Ich habe gerade eine Flasche geöffnet.*

Ms. Quickly: *Weiß oder rot?*

Man4you: *Weiß. Cheers.*

Ms. Quickly: *Cheers.*

Man4you: *Wie ist dein Name?*

Ms. Quickly: *Und deiner?*

Man4you: *Weichst du immer so aus?*

Ms. Quickly: *Wenn es mir passend erscheint …*

Man4you: *Nenn mich David.*

Ms. Quickly: *David … Wie David Gandy?*

Man4you: *Wer auch immer das ist.*

Ms. Quickly: *Man of the year 2016*

Man4you: *Dann passt es ja.*

Ms. Quickly: *Wunschdenken?*

Man4you: *Wunschdenken, Ms. Quickly??*

Ms. Quickly: *Wenn „Man of the year" dir für dein Aussehen passend erscheint? Gandy ist übrigens Model ;-)*

Man4you: *Überlassen wir mein Aussehen doch einfach deiner Fantasie.*

Ms. Quickly: *Ohne Foto wird mir nichts anderes übrig bleiben.*

Man4you: *Der Vorteil beim Chatten ist, dass man sich den anderen nach seinen Vorlieben ausmalen kann.*

Ms. Quickly: *Und beim ersten Date trifft einen der Schlag!*

Man4you: *Solange man den anderen niemals zu Gesicht bekommt, ist es eine perfekte Sache ...*

Ms. Quickly: *Interessante Ansage von dir.*

Man4you: *Was suchst du?*

Ms. Quickly: *Einen Mann. Und du?*

Man4you: *Keinen Mann.*

Ms. Quickly: *Haha! Sag!*

Man4you: *Wenn du mich nett bittest ... vielleicht ...*

Ms. Quickly: *Auf ein „vielleicht" lasse ich mich nicht ein.*

Man4you: *Schlaf schön, Ms. Quickly. Wir sehen uns.*

Wann sehen wir uns?, hätte ich ihm am liebsten geschrieben. Aber ich konnte mich trotz meines Alkoholkonsums bremsen. Außerdem war er bereits off.

Schade ...

~

Am nächsten Morgen hatte ich einen dicken Schädel.

Selbst schuld! Was trinkst du auch so viel?

Ich schlurfte in die Küche, schenkte ein großes Glas mit Wasser voll und trank es in einem Zug aus. Dann ließ ich einen Espresso durchlaufen und setzte mich mit der Tasse an den Tisch. Mein Blick blieb an dem aufgeklappten Notebook hängen und sogleich fiel mir meine Aktion von gestern Abend ein.

Das Profil löschst du am besten sofort. Was für eine hirnrissige Idee von dir! Und dann auch noch Ms. Quickly ... Da sind Missverständnisse doch programmiert.

Nach meinem Chat mit *Man4you* war ich zu aufgekratzt gewesen, um sofort ins Bett zu gehen. Plötzlich hatten gleich mehrere Männer mit mir chatten wollen.

Einer, der eigentlich ganz gut aussah, sprach mich in seinem ersten Satz mit *Quickie* an. Ohne eine Antwort zu geben, blockierte ich ihn.

Einer sah auf seinem Profilfoto wie ein kleiner Junge aus. Auf so jemanden hatte ich keine Lust und das schrieb ich ihm auch. Also, ein wenig freundlicher natürlich. Ich war ja kein Unmensch.

Einer fragte, ob wir Fotos tauschen wollten und als ich mit der Begründung ablehnte, dass man sich ja erst einmal kennenlernen könnte, blockierte er mich.

Nur ein Einziger sah nicht nur passabel aus, sondern schrieb auch entsprechend. Mit ihm unterhielt ich mich, bis mir fast die Augen zufielen. Als ich mich verabschieden wollte, beharrte er darauf, dass wir doch noch ein wenig telefonieren könnten. Am Ende klickte ich ihn weg und loggte mich aus.

Ich habe es ja gewusst, dass man im Internet keinen vernünftigen Mann kennenlernt!

Ich ging zurück ins Schlafzimmer und legte mich wieder ins Bett. Heute war Sonntag, da konnte ich so lange schlafen, wie ich Lust hatte. Ich gähnte, drehte mich auf die Seite und schloss meine Augen.

Da klingelte das Telefon.

Widerwillig erhob ich mich und holte den Hörer von der Ladestation.

„Ja?“, quälte ich mir von den Lippen.

„Ich hab ihn!“

„Wen?“

„Den Jackpot! Ich habe ihn geknackt.“

Die Stimme meiner Freundin kippte fast über vor Begeisterung. Ich setzte mich auf.

„Erzähl!“

„Wir haben uns in Water Tower Place getroffen. Vor dem Café im zweiten Stock, weißt du? Ich wollte es ja zuerst einmal ganz unverbindlich halten.“

„Ich weiß. In einer Mall kann man schnell verschwinden, wenn einem derjenige nicht gefällt.“

„Genau! Aber schon als er mir entgegenkam … Dass ein Mann besser aussieht als auf seinem Foto, hatte ich bisher noch nicht erlebt.“

Ich murmelte zustimmend und dann erzählte sie mir detailliert, wie der gestrige Abend verlaufen war und was für ein Glück sie hatte, diesen Mann gefunden zu haben.

„Jackpot!“, wiederholte sie.

Mit Jackpots, die am Ende gar keine waren, kannte ich mich aus. Aber ich wollte ihr die Stimmung nicht verderben.

Deshalb fragte ich: „Wann siehst du ihn wieder?“

„Ähm … Hm … Wärst du mir eigentlich sehr böse, wenn ich unsere Verabredung zum Joggen absagen würde?“

„Ach, was!“, antwortete ich. „Triff dich mit ihm und schau, ob er dir heute noch genauso gut gefällt wie gestern.“

Ich hörte, wie sie erleichtert aufatmete.

„Und du? Was machst du mit deinem freien Tag?“, wollte sie wissen.

„Ich ruhe mich aus. Wünsche dir viel Spaß mit deinem Traummann!“

~

Es war ein Fehler gewesen, einen Espresso zu trinken, bevor ich mich wieder hingelegt hatte. So war ich müde und gleichzeitig munter. Gegen Mittag stand ich auf, schlüpfte in Trainingshose, T-Shirt und Sportschuhe und lief die beiden Stockwerke hinunter in die Tiefgarage, um mein Fahrrad zu holen. Nachdem ich es die Schräge hinaufgeschoben hatte, radelte ich los.

Die Sonne schien warm vom Himmel. Kein Wölkchen war zu sehen. Vor mir hatte ich die wunderbare Skyline von Chicago, an der ich mich noch immer nicht sattsehen konnte, obwohl ich jetzt schon mehr als zwei Jahre hier wohnte. Direkt dahinter lag der Michigansee. Und genau dorthin wollte ich. Bei dem herrlichen Frühsommerwetter würde auf dem Lakefront Trail zwar ein bisschen was los sein, aber ich hoffte, dass die meisten Leute um diese Zeit mit einem späten Frühstück oder frühen Mittagessen beschäftigt waren.

Ich musste ordentlich in die Pedale treten, um den Weg in gut zwanzig Minuten zu schaffen, musste größere Straßen überqueren, unter dem Kennedy Expressway hindurch, über den Chicago River hinweg und am Lincoln Park entlangfahren, um an mein Ziel zu kommen. Doch das lohnte sich! Sobald ich am See war, auf der rechten Seite die endlose Weite des Wassers hatte und auf der linken die im Sonnenlicht schimmernde Skyline, löste das jedes Mal ein Glücksgefühl in mir aus.

Ich kam aus einer Kleinstadt in Wisconsin und es war

immer mein Traum gewesen, einmal in Chicago zu leben. Hier fühlte ich mich zuhause.

Wie erwartet, traf ich Spaziergänger, Jogger, Skateboarder, Inlineskater und andere Radfahrer auf dem Weg an. Aber es war noch überschaubar. Ich bog nach links ab in Richtung Norden.

Die ganze Fahrt über dachte ich an meinen Boss und an die Mädels, mit denen er gestern in der Bar erschienen war.

Du hättest länger bleiben und beobachten sollen, wie er sich der schönen Blonden gegenüber verhält.

Aber was hätte mir das genutzt? War es nicht schon schlimm genug, dass ich mich mit meinen achtundzwanzig Jahren wie ein liebeskranker Teenager aufführte, der sein Idol aus der Ferne anhimmelte?

Ich fragte mich, ob das Schicksal mir mit dieser Begegnung sagen wollte, dass ich aktiv werden und mir einen Mann suchen sollte. Einen Mann, der sich auch in mich verliebte und der mich an seiner Seite haben wollte.

Während ich noch darüber nachgrübelte, ging mir der Typ von gestern Abend durch den Kopf. Wir hatten nur kurz miteinander gechattet. Aber da war etwas, das ich nicht benennen konnte und das ich genauer ergründen wollte. Und so traf ich am Belmont Harbor die Entscheidung, mein Profil doch nicht zu löschen.

Was ich damit auslösen würde ... Davon hatte ich zu diesem Zeitpunkt noch keine Ahnung!

3

STREIT!

Ich hatte ein Selfie gemacht. Aber eins, auf dem ich dank Sonnenbrille, Hut, Haaren im Gesicht und seitlicher Körperhaltung nicht zu erkennen war.

Nachdem ich es eingestellt hatte, blinkte es auf meinem Bildschirm ohne Pause. Auf einmal wollten mich alle kennenlernen. Die meisten Chatanfragen schlug ich aus. Männer unter dreißig und über vierzig gehörten nicht zu meiner Zielgruppe.

Ich hatte überlegt, meinen Profilnamen zu ändern. *Ms. Quickly* war wirklich missverständlich. Das merkte ich bei jedem vierten oder fünften Chat. Die Männer hatten anscheinend alle ein Problem mit den Augen.

Und mit ihrem Hormonhaushalt!

Aber ich wollte *Man4you* wiedertreffen und deshalb behielt ich den Namen. David – oder wie er auch heißen mochte – war leider nicht on. Da nutzte es auch nichts, dass ich ungeduldig mit meinen Fingernägeln auf dem Küchentisch herumklopfte.

Um mich nicht zu sehr auf ihn zu fixieren, stand ich auf und wusch das wenige Geschirr ab, das ich gebraucht hatte, um mir nach meiner Radtour ein Sandwich zu machen. Mit einem Auge schielte ich immer wieder auf den Bildschirm. Doch von David war nichts zu sehen.

Ich werde mich eben mit einem anderen unterhalten.

Das tat ich dann auch. Und nicht nur mit einem. Aber bei keinem zündete es. Entweder fand ich die Kerle zu langweilig, weil sie das Gespräch mit einem Standardspruch begannen, oder sie waren mir zu draufgängerisch. Wenn jemand nach zwei bis drei Sätzen schon nach meiner Telefonnummer oder weiteren Fotos fragte, ging mir das eindeutig zu schnell.

Diejenigen ohne Gesicht bat ich, ein Foto zu schicken. Dafür legte ich kurzerhand eine E-Mail-Adresse mit dem Namen *Ms.Quickly* an. Es war irgendwie spannend, dass die meisten Männer sofort auf meinen Wunsch eingingen.

Es machte mir Spaß, dass mal nach meiner Pfeife getanzt wurde!

Doch die Fotos hätte ich gar nicht gebraucht. Mir gefiel auch optisch keiner von ihnen so richtig.

Mit meinem Bad Boss kann es halt niemand aufnehmen …

Um etwas Sinnvolles zu tun, ging ich ins Schlafzimmer und stopfte die Klamotten, die ich gestern aussortiert und nach meiner Rückkehr aus der Bar achtlos auf den Boden geworfen hatte, in einen Sack und band ihn zu. Dann hielt ich es nicht mehr aus und ging zurück in die Küche, um den Bildschirm meines Notebooks zu hypnotisieren.

Doch das war gar nicht nötig. Denn die Chatanfrage von *Man4you* blinkte auf.

Jetzt mal schön locker bleiben, Ms. Quickly!, ermahnte ich mich.

Dann nahm ich den Chat an.

Man4you: *Cooles Foto, Ms. Quickly!*
Ms. Quickly: *Danke, Mr. Gandy …*
Man4you: *Muss ich das jetzt verstehen?*
Ms. Quickly: *Nö!*
Man4you: *Geht es dir gut?*
Ms. Quickly: *Ja, sehr. Und dir?*
Man4you: *Alles gut.*

Das Gespräch würde gleich in einer Sackgasse enden, wenn nicht einer von uns beiden Gas gab. Ich klickte mich durch seine Profilangaben, um etwas zu finden, wo ich einhaken konnte. Aber da stand nur, dass er in Chicago wohnte, Single, sechsunddreißig Jahre alt, einsneunzig und schlank war. Also versuchte ich es mit einer harmlosen Frage.

Ms. Quickly: *Was hast du heute gemacht?*
Man4you: *Ich war schwimmen. Und du?*
Ms. Quickly: *Radfahren am See.*

Wieder entstand eine Pause. Langweilte ich den Kerl etwa? Ging es ihm mit mir genauso, wie es mir gerade mit den anderen Männern gegangen war?

Man4you: *Ich muss weg. Bist du später noch on?*

Verdammt! Schon wieder war er derjenige, der das Ende unserer Unterhaltung bestimmte und einfach verschwand.

Ms. Quickly: *Vielleicht …*

Man4you: *Dann bis später.*

Am nächsten Morgen erwachte ich ziemlich früh, denn ich war bereits um zehn Uhr ins Bett gegangen. Eigentlich hatte ich noch chatten wollen. Doch ich hatte keine Lust gehabt, nach der Pfeife von *Man4you* zu tanzen. Es reichte schon, dass ich mich Mr. Arrogant Hanson unterordnen musste. In der Freizeit brauchte ich so etwas nicht auch noch.

Ich nutzte die frühe Stunde, um meine Spuren im Internet zu beseitigen und das Angebot, das ich gerade erstellte, zu überprüfen, damit es später im Büro schneller ging und ich mir nicht wieder einen Rüffel von meinem Boss reinziehen musste.

Als ich zwei Stunden später an meinem Arbeitsplatz eintrudelte, sah ich, dass er schon da war. Denn auf meinem Schreibtisch stapelten sich neue Akten.

Der spinnt doch! Wie soll ich das alles schaffen?

Während mein Computer hochfuhr, sortierte ich die Unterlagen nach Dringlichkeit und legte zähneknirschend los.

Es war schon fast Mittagszeit und ich war gerade dabei, eine Zahlenkolonne zu addieren, als das Klingeln des Telefons mich unterbrach.

„Ms. Martin, kommen Sie bitte ins Besprechungszimmer!“

Bevor ich antworten konnte, hatte er aufgelegt.

Grrr …

Vor mich hingrummelnd lief ich den Flur entlang. Aus dem Besprechungszimmer hörte ich fremde Stimmen. Ich klopfte an und betrat den Raum.

Am Tisch saßen drei mir unbekannte Männer und mein Boss. Eine Kollegin schenkte gerade Kaffee ein.

„Ah, Ms. Martin, da sind Sie ja“, tat Mr. Hanson ganz freundlich.

Er lächelte mich sogar an.

Das kann nichts Gutes bedeuten.

„Darf ich Ihnen die Herren von TLT International vorstellen?“

Er stellte mir die drei Herren vor. Ich grüßte nur höflich in die Runde. Dann stand ich da und wartete, was als Nächstes passieren würde. Bisher hatte ich nie an Besprechungen mit Kunden teilgenommen. Wieso dieses Mal?

„Nehmen Sie doch bitte Platz, Ms. Martin“, sagte Hanson.

Zögerlich schob ich einen Stuhl vom Tisch weg und ließ mich darauf nieder.

Die Kollegin stellte eine Tasse vor mich hin, fragte kurz: „Kaffee oder Tee?“, ich antwortete mit: „Kaffee“, und sie schenkte mir ein. Dann verließ sie das Zimmer.

Ich sah mich fragend um.

„Wobei kann ich helfen?“

„Die Herren wollten unbedingt die Kalkulatorin des Angebots kennenlernen“, sagte mein Boss.

Es klang, als hätte er einen Witz gemacht. Aber außer ihm lachte niemand.

Er schob mir die Unterlage, die eine unserer Aushilfskräfte vor ein paar Tagen für den Kunden angefertigt hatte, zu.

„Um was genau handelt es sich?“, wollte ich wissen.

Ich spürte, wie Ärger in mir hochstieg. Hätte mein Boss mich nicht vorwarnen können?

„Sehen Sie die markierten Positionen?“, fragte er.

Ich bin ja nicht blind!

„Natürlich!“

Und ich wusste auch sofort, worum es sich handelte. Das waren genau die Posten, um die ich mich mit ihm gestritten und die er als Erbsenzählerei abgetan hatte, da es Kleinteile waren. Aber weil eine immense Menge von den Rohrverbindungsstücken und anderen Materialien gebraucht wurde, erhöhte das die Angebotssumme bei Weitem.

„Es gibt ein paar Unstimmigkeiten“, sagte einer der Kunden.

„Ich habe den Herren bereits erklärt, dass wir das Problem mit links lösen werden.“

„Das geht aber nicht mit links“, protestierte ich.

Mr. Hanson sah mich scharf an.

„Es werden weitere Kosten auf Sie zukommen“, fuhr ich unbeirrt fort.

Mein Boss lachte.

„Aber nein, meine Herren. Wir müssen doch nur an anderer Stelle ein wenig einsparen, dann können wir Ihnen die fehlenden Kleinteile sogar in vergoldeter Ausführung einbauen.“

Die Herren schienen nicht hingehört zu haben, denn sie stellten mir ein paar Fragen, die ich ihnen gewissenhaft beantwortete.

Hanson schaute mich warnend an und versuchte, einzugreifen. Aber wenn ich jetzt nicht die Wahrheit sagte, würde uns die Firma TLT womöglich verklagen und das käme uns teuer zu stehen. Ganz abgesehen davon, dass ich wieder schuld an der Situation wäre.

So ging es eine Weile hin und her, bis mein Boss zum wiederholten Male eingriff.

„Meine Herren, ich kann Ihnen versichern, dass wir alles zu Ihrer Zufriedenheit lösen werden, ohne dass sich der Angebotspreis erhöht."

Ich wurde ganz bleich bei seinen Worten.

Als die Kunden mich fragend ansahen und ich den Kopf schütteln wollte, bestimmte er: „Ich gebe Ihnen mein Wort darauf!"

Er streckte seine Hand aus. Zögernd schlug derjenige von den Dreien, der das Wort geführt hatte, ein.

„Bitte geben Sie uns das auch noch schriftlich", sagte er.

„Das bekommen Sie! Ms. Martin wird es aufsetzen, während wir einen Abstecher ins Roister machen. Ich verspreche Ihnen: Dort gibt es das beste Wagyu-Rind, das Sie jemals gegessen haben."

Mit diesen Worten stand er auf.

Er sah mich an und sagte im Befehlston: „Halten Sie unsere Vereinbarung bitte schriftlich fest, Ms. Martin!"

Ich wurde rot vor Schreck.

Der spinnt doch! Mit dieser Vereinbarung bringt er uns in Teufels Küche!

Aber er war der Boss. Deshalb hatte ich keine andere Wahl, als freundlich zu lächeln, wenn auch mit zusammengebissenen Zähnen!

„Sie werden mir nie mehr vor Kunden in den Rücken fallen! Verstanden, Ms. Martin?"

Mr. Hanson stand vor meinem Schreibtisch. Sein Blick war so eisig, dass ich frierend die Schultern hochzog.

„Ja, aber Sie können nicht ..."

„Oh, doch! Ich kann!“, sagte er in drohendem Tonfall. „Sie vergessen wohl, wer hier das Sagen hat.“

„Aber *ich* bin dieses Mal *nicht* schuld!“, stieß ich hervor.

Mit zittrigen Fingern schob ich ihm ein Blatt Papier zu.

„Hier ist eine Zusammenfassung des Gesprächs mit TLT International als Aktennotiz.“

Er nahm das Blatt hoch und überflog den Text. Dann sah er mich grimmig an, zerriss es und ließ die Papierfetzen auf meinen Schreibtisch rieseln.

„Makulatur“, sagte er mit einem höhnischen Grinsen.

„Ich habe es Ihnen auch als Mail geschickt“, antwortete ich mit vor Zorn bebender Stimme.

„Sie überschreiten Ihre Kompetenzen, Ms. Martin! Machen Sie sich lieber an die Arbeit. Wie ich sehe, haben Sie noch einiges zu tun. Kein Wunder bei Ihrem *Tempo*!“

Mit diesen Worten drehte er sich um und verließ mein Büro.

Am liebsten wäre ich ihm hinterhergeeilt, hätte ihn an der Schulter gepackt und ordentlich durchgeschüttelt, damit er zu Sinnen kam. Mit seiner Vorgehensweise würde er noch dafür sorgen, dass unsere Firma pleiteging!

„Ich hasse dich, Bad Tony!“, stieß ich zwischen zusammengebissenen Zähnen hervor. „Du bist eine Plage!“

Weil ich dachte, ich müsste vor unterdrücktem Zorn platzen, erhob ich mich ruckartig von meinem Stuhl, schnappte meine Tasche und hastete zum Treppenhaus.

Ich musste raus aus dem Gebäude und die Straße entlangeilen, um mich wieder abzuregen. Denn mit einem hatte er recht: Auf meinem Schreibtisch stapelte sich die Arbeit.

Ich hasse dich, Bad Tony!, wiederholte ich grimmig.

Wenn ich dir die Kündigung auf den Tisch knalle, wirst du sehen, was du von deinem beschissenen Verhalten hast.

Aber ich wusste, dass es eine leere Drohung war. Es würde noch sehr viel mehr passieren müssen, damit ich die Firma wirklich im Stich ließe.

Zum Glück konnte ich nicht in die Zukunft schauen ...

4

VERLIEBT UND VERHASST

Ich hasste, hasste, hasste es, eine Arbeit, die gerade mal zu achtzig Prozent stimmig war, zu beenden! Das machte mir ein Gefühl, als würde ich auf einem unkontrollierbaren Pulverfass sitzen.

Doch Bad Tony hatte mal wieder seine Hände auf meiner Schreibtischplatte abgestützt und wüsste ich es nicht besser, würde ich ihn für den bösen Wolf halten, der das arme Rotkäppchen – in dem Fall mich – mit einem Happs verschlingen wollte.

„Sie schicken das jetzt sofort raus!“, befahl er.

„Aber ich habe doch noch nicht geprüft, ob ...“

„Kein aber! Das Angebot wird genauso, wie es ist, funktionieren. Drücken *Sie* auf den Senden-Knopf oder muss ich das etwa tun?“

Ich sah, wie das Pulverfass in die Luft ging und nicht nur mich, sondern die ganze Firma mit sich riss und in alle Winde verteilte.

„Ich kann nicht ...“, jammerte ich.

„Sie können und Sie werden!“

Seine Stimme war unerbittlich, sein Blick eiskalt.

Und obwohl ich mich in dieser unangenehmen Situation befand und ich ihn dafür hasste, dass er mich zu etwas zwingen wollte, das mich umbrachte, nahm ich zur Kenntnis, wie unfassbar gut dieser schreckliche Kerl aussah.

„Nein! Ich überprüfe das erst noch mal. Es ist doch egal, ob ich es jetzt oder in einer Stunde wegschicke."

Oh, nein! Meine Stimme war am Ende des Satzes wieder fragend nach oben gegangen und gezittert hatte sie auch noch.

„Ms. Martin! Sie werden *sofort* auf den Senden-Knopf drücken! Ansonsten gibt es einen schriftlichen Verweis wegen Arbeitsverweigerung. Was das bedeutet, wissen Sie?"

Ja, du verdammter, blöder Arsch!

Ich war so wütend, dass ich ihm am liebsten eine geknallt hätte.

Aber er wirkte so unerbittlich, dass ich mühsam „Auf Ihre Verantwortung!" zwischen zusammengebissenen Zähnen hervorstieß.

In einem Anfall von Wut ließ ich meinen zitternden Zeigefinger auf die Taste herabsausen.

Dann sprang ich von meinem Stuhl auf und riss meine Tasche an mich.

„Sie haben gewonnen!", schleuderte ich ihm ins Gesicht. „Aber die eingesparte Zeit werde ich heute mal für *mich* nutzen. Feierabend war ja schon vor über einer Stunde."

Verblüfft sah er mich an.

Unbeeindruckt lief ich zur Tür. Dort drehte ich mich noch einmal zu ihm um.

„Den Computer brauche ich ja nicht herunterzufahren, wenn jetzt die Anarchie ausgebrochen ist!"

Und damit war ich draußen.

Oh, ich war so was von wütend, als ich die vierzehn Stockwerke hinunterrannte und vor mich hin schimpfte.

Was dieser Kerl sich erlaubte! Ich war länger als er in der Firma und im Gegensatz zu ihm wusste ich, was ich tat.

Außer eben gerade!

Da hatte ich gar nichts mehr gewusst, sondern nur noch gehandelt.

Wie ferngesteuert! Von einem Verrückten, der uns alle ins Unglück reißt!

Früher wurde ich doch auch nicht ständig kritisiert. Man war dankbar für meine Genauigkeit und hatte mit Wohlwollen registriert, dass ich mich so für die Firma einsetzte!

Ich rannte weiter hinunter und als ich in der Tiefgarage ankam, konnte ich wieder klarer denken.

Ich werde mich über ihn beschweren!

Er war zwar der Boss, aber er stand nur an zweiter Stelle in der Hierarchie. Ich musste nur abwarten, bis der erste Auftrag platzte, weil er einen Fehler gemacht hatte.

Dann ist er fällig!

Dieser Gedanke heiterte mich so weit auf, dass ich mich in der Lage fühlte, in mein Auto zu steigen und nach Hause zu fahren, ohne unterwegs einen Unfall zu bauen.

Ich parkte und lief hoch in meine Wohnung, ließ die Tasche auf den Boden fallen und kickte die Schuhe von meinen Füßen.

Heute Abend werde ich mal nichts tun. Gar nichts!

Statt zu arbeiten, würde ich chatten, um mich abzulenken, denn selbst das Gespräch mit einem Typen, der mir nicht gefiel, war mir jetzt hundertmal lieber, als mich über meinen Bad Boss aufzuregen.

Ich lief in die Küche, um mir ein Glas Wasser einzuschenken.

Mein Blick ging zum Tisch. Und da erst fiel es mir ein.

Oh, nein! Ich habe das Notebook vergessen!

Verdammt!

Ich versuchte, so leise wie möglich aufzutreten. Mit den Sportschuhen ging das einigermaßen gut. Zum ersten Mal war ich dankbar dafür, dass Bad Tony mich ans Ende des Flurs verbannt hatte. So würde er nicht hören, wenn ich in meinem Büro herumkruschteln würde, weil ich das Notebook ausstöpselte und in meiner großen Handtasche verschwinden ließ. Dummerweise musste ich erst an seinem Büro vorbei. Und seine Tür stand offen.

Wenn er mich erwischt, gibt es Riesenärger!

Ganz abgesehen davon, dass das Notebook Firmeneigentum war und ich es nicht einfach mitnehmen durfte, würde es meinen starken Abgang von vorhin verderben, wenn er plötzlich vor mir stehen würde.

Ich hörte, dass er telefonierte und ich wusste, dass er dabei meist am Fenster stand und auf die Straßen hinabschaute. Ich schlich mich an seine Tür heran. Nur wenige Zentimeter davor blieb ich stehen und streckte meinen Kopf so weit vor, dass ich in das Zimmer schauen konnte.

Tatsächlich stand er mit dem Rücken zu mir.

Ich machte drei Schritte und war vorbei.

Leise huschte ich den Flur entlang und hoffte, dass mir kein Kollege begegnete. Aber um diese Uhrzeit lag die Wahrscheinlichkeit, noch jemanden bei der Arbeit anzutreffen, bei null.

In meinem Büro angekommen, öffnete ich leise die Tür,

lehnte sie an, holte das Notebook, lauschte, ob er noch telefonierte, hörte, wie er lachte, und machte mich auf leisen Sohlen auf den Rückweg.

Wieder stoppte ich kurz vor seiner Tür, wieder drehte er mir den Rücken zu.

Das war ja einfach!

„Aber nein, Darling. Darum musst du dir keine Gedanken machen. Wir sehen uns morgen Abend. Ich freue mich."

Ich hielt mitten in der Bewegung inne.

Darling?

Das Wort versetzte mir einen Stich. Ob das die schöne Blonde vom Freitagabend war, die er „Darling" nannte?

Der Schrecksekunde folgte eine weitere, weil er sich umdrehte. Aber ich schoss schon an der offenen Tür vorbei und hastete zum Treppenhaus.

Als ich die Hand auf die Klinke legte, hörte ich, wie er mit strenger Stimme rief: „Sind Sie das, Ms. Martin?"

Aber ich tat, als hätte ich es nicht gehört, schlüpfte zur Tür hinaus und rannte die Stufen nach unten.

Mein Herz klopfte noch immer, als ich zu Hause ankam, die beiden Stockwerke nach oben eilte, die Tür aufschloss und von innen zudrückte, als hätte mich jemand verfolgt.

Und das alles nur, um mit Man4you chatten zu können!

Natürlich hätte ich auch ein Smartphone benutzen können. Doch dafür hätte ich zuerst einmal eins haben müssen! Aber ich war schon immer ein Technikmuffel gewesen und hasste es, mich an etwas Neues zu gewöhnen. Deshalb besaß ich nur ein altes Handy, das ich längst gegen ein Gerät mit allem Schnickschnack austauschen sollte und morgen oder übermorgen würde ich endlich in einen Shop gehen und mir das neueste Modell zulegen.

Das nahm ich mir in diesem Moment ganz fest vor!

Ich schenkte mir ein Glas Weißwein ein und ließ mich auf den Stuhl plumpsen. Kurz darauf war ich auf der Startseite von *Love4You&Me.*

Seit gestern Abend waren einige Nachrichten auf meinem Profil eingetrudelt. Ich überflog sie nur. Die Chatanfragen von Männern, die mich sowieso nicht interessierten, drückte ich einfach weg. Ich wartete auf *Man4you*, um das Gespräch mit ihm fortzusetzen.

Während ich ungeduldig an meinen Haaren zupfte, gab ich mir große Mühe, die Geschehnisse des Tages zu verdrängen.

Könnte man seine Gedanken und Gefühle doch nur so einfach ab- und anschalten wie einen Computer …

Der Chatknopf blinkte wieder und dieses Mal nahm ich das Gespräch an.

Man4you: *Guten Abend, Ms. Quickly.*

Ms. Quickly: *Guten Abend, David.*

Man4you: *Wie war dein Tag?*

Ms. Quickly: *Moment. Ich muss Wein nachschenken!*

Man4you: *So schlimm?*

Ms. Quickly: *Schlimmer!*

Man4you: *Warum?*

Ms. Quickly: *Das willst du nicht wirklich wissen.*

Man4you: *Sonst hätte ich nicht gefragt! Moment. Ich öffne mir auch eine Flasche.*

Während ich wartete, merkte ich, wie aufgeregt ich war.

Dieser Kerl hatte eine magnetische Wirkung auf mich, wenn ich auch nicht wusste, was genau es war, was mich so anzog.

Weil sich in deinem Kopf das Bild von David Gandy eingenistet hat!

Man4you: *Und nun sprich!*

Ms. Quickly: *Cheers!*

Man4you: *Nicht ablenken!*

Ms. Quickly: *Okay. Hast du Zeit?*

Man4you: *Ja.*

Ms. Quickly: *Aber es könnte dich langweilen.*

Man4you: *Schieß! Los!*

Ich atmete tief durch.

Mach nicht rum, Rebecca! Sonst ist er weg.

Ms. Quickly: *Ich hatte Ärger mit meinem Boss.*

Man4you: *Okay. Was hast du getan?*

Ms. Quickly: *Hey! Vielleicht hat* er *ja etwas getan??*

Man4you: *Okay. Was hat* er *getan?*

Ms. Quickly: *Lass es mich so erklären: Ich bin die Ameise und er das Faultier. Also, ich meine, ich reiße mir den Hintern auf, während er es zu genießen scheint, mich rennen zu lassen.*

Ich tippte mir an die Stirn.

Tickst du noch richtig? Das stimmt so doch gar nicht.

Man4you: *Nun verstehe ich auch deinen Profilnamen.*

Ms. Quickly: *Ähm ... Falsch verstanden!*

Wieder tippte ich mir an die Stirn.

Wie sexy, Rebecca! Jetzt hält er dich für ein Arbeitstier, das von seinem Boss gepiesackt wird.

Man4you: *Falsch?*

Ms. Quickly: *Ach, vergiss das! Einen schlechten Tag hat jeder mal. Was machst* du *denn beruflich?*

Ich trank einen Schluck Wein und wartete darauf, dass er mir antworten würde. Tat er aber nicht.

Jetzt hast du ihn vergrault. Du hast es echt drauf.

Ich zuckte resigniert mit den Schultern. Der Alkohol begann bereits zu wirken. Denn ich nahm plötzlich alles nicht mehr so ernst.

Eigentlich könnte ich auch ausschalten und mich mit einem Buch ins Bett legen.

Ich klappte das Notebook zu, nahm das Weinglas und ging ins Badezimmer. Vor dem Spiegel stellte ich es ab und sah mir in die Augen.

Du hast auch schon mal glücklicher aus der Wäsche geschaut, meine Liebe …

Hastig trank ich einen Schluck, zog mich aus und stellte mich unter die Dusche.

Kurz darauf trocknete ich mich ab und cremte mich ein. Dann ging ich zurück zu meinem Notebook, um es herunterzufahren.

Auf dem Bildschirm blinkte es.

Man4you: *Ich habe einen Führungsjob.*

Ms. Quickly: *Ups! Du bist ja noch da.*

Dann erst dämmerte es mir, was er geschrieben hatte.

Oh, nein! Nicht auch noch privat so einen wichtigtuerischen Ausbeuter.

Ms. Quickly: *Du bist auch ein Boss!!??? Ich bin mal weg …*

Man4you: *Hiergeblieben! Ich tu dir nichts.*

Ms. Quickly: *Willst du mir verraten, in welcher Branche du bist?*

Man4you: *Nein.*

Ich verdrehte die Augen.

War das einer, dem man alle Würmer aus der Nase ziehen musste? Mr. Secret sozusagen?

Man4you: *Scheint, als wärst du gerade ein wenig unglücklich. Richtig?*

Ms. Quickly: *Hmhm … War schon besser. Schlechter auch schon ;-)*

Man4you: *Ich höre dir zu, wenn du magst.*

Ms. Quickly: *Danke, aber ich mag nicht. Moment, ich habe meinen Wein im Badezimmer vergessen.*

Ich sprang auf, holte das Glas, füllte es auf und setzte mich wieder vor den Bildschirm.

Man4you: *Im Badezimmer?*

Ms. Quickly: *Ich war zwischendurch duschen. Aber ...*

Man4you: *Aber?*

Ms. Quickly: *... frag jetzt bloß nicht, ob ich nackt bin!!!*

Man4you: *Warum sollte ich das tun?*

Ms. Quickly: *Weil 99 % aller Männer das tun würden :-(*

Man4you: *Du scheinst eine Frau mit Erfahrung zu sein ;-)*

Ms. Quickly: *Hmhm ...*

Man4you: *Und? Bist du?*

Ms. Quickly: *Siehst du? Jetzt fragst du auch!*

Man4you: *Bist du eine Frau mit Erfahrung?*

Ms. Quickly: *Lach! Ach so! Na, so erfahren, wie man es sein kann am zweiten Tag in einem Singleforum.*

Man4you: *... und mit diesem Profilnamen.*

Ms. Quickly: *Richtig! Aber du wolltest mir noch verraten, was duuu hier suchst.*

Man4you: *Wollte ich das?*

Ms. Quickly: *Wenn ich dich nett bitte, ja!*

Ich trank einen Schluck Wein und wartete gespannt auf seine Antwort. Aber sie kam nicht. Ich wartete und zählte.

Sofern er nicht antwortet, bevor ich bei hundert bin, gehe ich ins Bett!

Ich zählte zuerst schnell, doch dann wurde ich immer langsamer.

95 ...

96 ...

97 ...

98 ...

Verdammt! Der Kerl lässt mich ordentlich zappeln.

99 ...

Man4you: *Ich suche hier nur etwas Unverbindliches.*

Ich zuckte zusammen, als ich das las.

Ms. Quickly: *Aha?*

Man4you: *Ein wenig Ablenkung vom Alltag. Das Spiel mit einer interessanten Frau ...*

Ms. Quickly: *Spiel?*

Man4you: *Mit Worten ... Für den Anfang jedenfalls!*

Für den Anfang? Pah! Guter Spruch.

Ms. Quickly: *Mit dem Phantom, das man sich nach seinem Geschmack ausgemalt hat?*

Man4you: *So ist es.*

Enttäuscht legte ich meine Hände neben die Tastatur. Nun war ich also an einen Verbalerotiker geraten. Einen, der auf Kopfkino aus war. Womöglich bügelte im Nebenzimmer seine Frau die Hemden für ihn und er sah nicht mal annähernd wie David Gandy aus.

Verdammt! Das ist es nicht, was ich suche.

Sollte ich ihn – genau wie die anderen – einfach wegklicken?

Man4you: *War ich dir zu direkt, Ms. Quickly?*

Ms. Quickly: *Glaubst du nicht an die Liebe, Mr. Gandy?*

Man4you: *Nein.*

Spätestens jetzt sollte ich das Gespräch beenden!

Aber ich blieb und starrte auf den Bildschirm in der Hoffnung, dass er irgendetwas schrieb, das mich davon abhielt, zu gehen.

Man4you: *Du etwa?*

Ms. Quickly: *Was meinst du?*

Man4you: *Glaubst du an die Liebe?*

Ms. Quickly: *Unbedingt!*

Man4you: *Dann hast du dir deine Unschuld bewahrt.*

Ms. Quickly: *Du dir deine offensichtlich nicht.*

Man4you: *Nein.*

Ms. Quickly: *Was ist passiert?*

Man4you: *Nichts, das als Thema für ein Gespräch zwischen zwei Fremden geeignet wäre.*

Ms. Quickly: *Oder gerade, weil wir uns fremd sind. Ich kenne weder deinen Namen noch dein Gesicht. Genau genommen weiß ich nicht einmal, ob die Angaben in deinem Profil stimmen.*

Man4you: *Die stimmen! Was aber nicht so ganz stimmt, ist deine Annahme. Wir wissen bereits einiges übereinander.*

Ich verdrehte die Augen. Alles, was ich wirklich über ihn wusste, war, dass er nicht so einfach zu haben war ...

Das kannte ich. Ein Mann, um den man kämpfen musste, an dem man sich die Zähne ausbeißen konnte. Weil ihn mal *eine einzige* Frau verletzt und er deshalb zugemacht hatte. War das nicht der Klassiker schlechthin? Oder weil er – warum auch immer – noch nie Liebe empfunden hatte.

Alles nur Ausrede, Mr. Gandy?

Und trotzdem reizte er mich. Oder gerade *deswegen*?

Ich hatte schon oft darüber nachgedacht, warum ich auf unerreichbare Männer abfuhr und hatte halbe Nächte mit Jessy über das Thema diskutiert. Sie behauptete ja, ich hätte Angst vor zu viel Nähe und deshalb würde mein Unterbewusstsein mir immer so einen Kerl aussuchen.

Pah!

Als hätte mir mein Unterbewusstsein Anthony Hanson als Boss vor die Nase gesetzt! Und diesen David über mein Profil stolpern lassen. Das war doch alles Zufall. Oder?

Du musst dich auf nichts mit ihm einlassen.

Richtig! Ich musste gar nichts.

Du kannst das Notebook zuklappen oder am besten gleich das Profil löschen. Es liegt in deiner Macht!

Ich seufzte. Ja, das konnte ich. Aber ... Ich wollte nicht! Stattdessen wollte ich etwas erleben. Jetzt! Mit einem Mann, der sowieso keine Bindung wollte.

Der Einsatz war klein, der Gewinn groß. Ich musste mich nur trauen. Deshalb trank ich noch einen Schluck und dann legte ich die Finger auf die Tastatur und tippte.

Ms. Quickly: *Du weißt ja nicht einmal, ob ich nackt bin ;-)*

Man4you: *Du wirst es mir sagen. Jetzt!*

Ms. Quickly: *Oder auch nicht.*

Man4you: *Du magst es, mit einem Mann zu spielen … Ich mag es, mit einer Frau zu spielen …*

Ms. Quickly: *Aber auf unterschiedliche Weise.*

Man4you: *Macht das tatsächlich einen Unterschied?*

Ms. Quickly: *Fang an!*

Man4you: *Beschreibe mir deine Beine. Bitte!*

Ms. Quickly: *Ts! Das war keine Bitte, sondern ein Befehl! Sie sind lang und wohlgeformt.*

Man4you: *Wie sind deine Fesseln?*

Ms. Quickly: *Natürlich schlank!*

Man4you: *Hast du schöne Füße?*

Ms. Quickly: *Ja.*

Man4you: *Beschreibe sie!*

Ms. Quickly: *Größe 37 mit einem hohen Spann.*

Man4you: *Sind die Nägel lackiert?*

Ms. Quickly: *Ja.*

Man4you: *Welche Farbe? Rot?*

Ms. Quickly: *Dunkelrot!*

Man4you: *Wie sehen deine Hände aus?*

Ich schaute auf meine Hände, die auf der Tastatur ruhten und darauf warteten, dass ich sie in Bewegung setzte, um eine Antwort an ihn einzutippen, und während ich sie anschaute, fragte ich mich, ob ich sie noch alle hatte. Aber ich konnte mich der Wirkung seiner Worte nicht entziehen.

Ms. Quickly: *Groß, schmal, lange Finger, dunkelrote Nägel.*

Man4you: *Willst du etwas über mich wissen, bevor …*

Ms. Quickly: *Bevor?*

Man4you: … *du mit der Beschreibung deines schönen Körpers fortfährst?*

Ms. Quickly: *Woher willst du wissen, dass er schön ist?*

Man4you: *Das spüre ich. Also: Willst du etwas über mich wissen?*

Natürlich hätte ich gerne mehr über ihn erfahren. Warum er mich nicht einfach um ein Telefonat und ein Date bat, statt in die virtuelle Welt einzutauchen, die der Wirklichkeit doch nicht standhalten konnte.

Weil er alt und hässlich ist!?

Ms. Quickly: *Nein! Ich stelle mir David Gandy vor. Schöner als er kannst du nicht sein.*

Man4you: *Hättest du mich jetzt am Telefon, wüsstest du, dass ich gerade laut gelacht habe.*

Ms. Quickly: *Warum habe ich dich nicht am Telefon? Hast du eine Piepsstimme?*

Man4you: *Weil wir jetzt schreiben! Wie sieht dein Nabel aus?*

Ms. Quickly: *Mein Nabel???*

Man4you: *Ja! Öffne deinen Bademantel und beschreibe ihn mir.*

Ms. Quickly: *Ein Loch in der Mitte meines Bauches.*

Man4you: *Du bist eine wahre Poetin! :-))*

Ms. Quickly: *Wer kann, der kann! Worauf stehst du bei einer Frau?*

Man4you: *Auf Hirn und Humor. Und auf schöne Brüste. Beschreibe mir deine!*

Ms. Quickly: *Nein!*

Man4you: *Warum nicht?*

Ms. Quickly: *Streng deine Fantasie an, mein Lieber! Oder hast du etwa keine?*

Man4you: *Ohne Fantasie würde dieses reizvolle Spiel mit dir nicht funktionieren.*

Ich trank von meinem Wein und holte mir das schönste Foto von David Gandy auf den Bildschirm. Wenn ich mich schon auf das Spiel mit diesem Fremden einließ, dann richtig. Und dazu brauchte ich den visuellen Kick!

Ms. Quickly: *Welche Augenfarbe hast du?*

Man4you: *Blau.*

Ms. Quickly: *Und nun?*

Man4you: *Bist du bereit für den nächsten Schritt?*

Ms. Quickly: *Vielleicht …*

Auch, wenn ich „vielleicht" geantwortet hatte, war ich ganz hibbelig vor Neugierde, wie es nun weitergehen würde.

Man4you: *Schließ deine Augen!*

Ms. Quickly: *Dann kann ich nicht mehr lesen, was du mir schreibst.*

Man4you: *Schließ deine Augen! Nur für einen Moment. Stell dir vor, dass ich in demselben Raum bin wie du. Ich stehe direkt hinter dir. Ich beobachte dich. Und was ich sehe, gefällt mir. Es gefällt mir sogar sehr.*

Ich schloss meine Augen. Ein Mann, ein schöner Mann wie David Gandy betrat meine Küche. Er ging um den Tisch herum. Dann stand er hinter mir und betrachtete mich. Wie ich da saß, voller Erwartung auf das, was noch kommen würde. Mit einem Prickeln vom Kopf bis in die Zehenspitzen.

Mit einer kaum merklichen Bewegung ließ ich den Bademantel von meiner rechten Schulter gleiten.

Ms. Quickly: *Ich kann deine Anwesenheit fühlen ...*

Man4you: *Du wirst wieder deine Augen schließen und du wirst den Bademantel - denn ich bin mir sicher, dass du einen trägst – von deinen Schultern gleiten lassen, um mir deine wunderschönen Brüste zu zeigen.*

Ich kicherte, denn ich war ihm schon einen Schritt voraus gewesen. Dann schloss ich meine Augen und ließ den Bademantel im Zeitlupentempo nach unten rutschen, während ich mir vorstellte, wie er hinter mir stand, gespannt beobachtete, was ich tat und scharf einatmete, als meine Brüste mit den Nippeln, die sich aufzurichten begannen, zum Vorschein kamen.

Ms. Quickly: *Dir gefällt, was du siehst.*

Man4you: *Ich weiß ... Deshalb werde ich jetzt einen Schritt nähertreten und über deine Brüste und die aufgerichteten Nippel streichen.*

Ms. Quickly: *Woher ... Okay. Ich schließe die Augen.*

Ich streichelte über meine Brüste und stellte mir vor, es seien seine Hände. Das fühlte sich so ... so ungewohnt an. Doch es sorgte dafür, dass ich sehnsuchtsvoll aufstöhnte.

Ms. Quickly: *Deine Hände ... Sie erregen mich ...*

Man4you: *Nimm deine linke Brust in eine Hand. Aber ich will, dass du sie mit Ehrfurcht festhältst. Denn für mich ist sie etwas Besonderes, etwas Edles ... Dann fährst du mit den Fingerspitzen der anderen Hand über den Nippel, streichelst ihn ganz leicht.*

Ich tat, wie er es mir befohlen hatte und strich, während ich meine Augen wieder geschlossen hielt, über meinen Nippel, bildete mir ein, es seien seine Hände, die ich auf meiner Haut spürte, und die ein nie gekanntes Wohlgefühl durch meinen Körper jagten.

Ms. Quickly: *Jaaa ...*

Man4you: *Dir gefällt, wie ich dich anfasse?*

Ms. Quickly: *Jaaa ...*

Man4you: *Lass deinen Bademantel ein Stück weiterrutschen. Ich will deinen Bauch mit dem herrlichen Nabel sehen.*

Mit geschlossenen Augen nahm ich Davids Gegenwart hinter mir wahr. Langsam ließ ich den Bademantel so weit fallen, dass mein ganzer Oberkörper nackt war. Dann fuhr ich mit meiner Hand über die Brust nach unten und umkreiste mit dem Zeigefinger meinen Nabel, während ich mir vorstellte, es sei *seine* Hand, die die Zartheit meiner Haut genoss.

Ms. Quickly: *Dir gefällt, was du fühlst.*

Man4you: *Was fühle ich denn?*

Ms. Quickly: *Die zarte Haut, das leichte Beben meines Körpers.*

Man4you: *Zeige mir deine schönen Beine mit den schlanken Fesseln bis zu den dunkelrot lackierten Fußnägeln!*

Ich öffnete den Bademantel. Nun war ich gänzlich nackt. In meiner Vorstellung kam David um den Stuhl herum, um mich von Kopf bis Fuß zu betrachten. Ich schlug die Beine übereinander und drehte mich im Sitzen ein wenig hin und her.

Du tickst doch nicht richtig!

Ein Spiel … Es ist nur ein Spiel!

Ms. Quickly: *Ich bin bereit für mehr.*

Man4you: *Öffne deine Beine. Lass mich deine Perle und die rosa Schamlippen sehen. Spüre meine Hände, wie sie von deinen wundervollen Brüsten über den Bauch nach unten gleiten und deine Hüfte packen.*

Ich schluckte.

5

KAMPF AN ZWEI FRONTEN

Es war so seltsam! Obwohl ich genau wusste, dass ich alleine in meiner Küche saß, fühlte es sich doch so an, als wäre er ganz nah bei mir. Ich merkte, dass ich mich - auch wenn es absolut irrational war - genierte, seinen Anweisungen nachzukommen. Andererseits war es unerhört prickelnd, es dennoch zu tun.

Also streichelte ich über meine Brüste nach unten zum Bauch und als ich meine Hüfte packte, bildete ich mir ein, es seien seine Hände, die mich bezwangen.

Ms. Quickly: *Ich bin so weit ...*

Man4you: *Komm, öffne deine Beine. Zeig dich mir.*

Ich öffnete meine Beine. Stellte mir vor, dass er vor mir kniete und ... kam mir unerhört verrucht und gleichzeitig etwas bescheuert dabei vor.

Ms. Quickly: *Ja …*

Man4you: *Fass dich an, Liebes. Feuchte deinen Zeigefinger an, greif mit deiner Hand zwischen deine schönen, schlanken Beine und streichle über deine Perle.*

Liebes! Liebes? Aha?

Ich feuchtete meinen Finger an und als ich die Augen schloss und meine Hand nach unten, zwischen meine Beine bewegte, war *er* es, der mich streichelte.

Ms. Quickly: *Jaaa …*

Man4you: *Fahre mit deinem Finger über deine Schamlippen und versenke ihn in deinem Inneren. Wenn du ihn herausziehst, spiele so lange mit deiner Perle, bis du kommst. Ich bin bei dir und küsse dir den Nacken, während du das tust.*

Wieder schluckte ich. Und dann … versenkte ich den Finger in der warmen Feuchtigkeit zwischen meinen Schenkeln, zog ihn heraus und rieb über meine Perle. Mal fester, mal leichter. Mal schneller, mal langsamer. Und die ganze Zeit über war ich in Gedanken bei David … Bis mich ein weißer Blitz traf und ich kam …

Als mein Körper sich beruhigt hatte, griff ich nach dem Weinglas und trank einen großen Schluck. Ich stellte das Glas ab und schüttelte den Kopf.

Das war verrückt. Das war absolut verrückt!

Ms. Quickly: *Gute Nacht!*

Ohne seine Antwort abzuwarten, loggte ich mich aus. Dann stand ich auf und legte mich ins Bett. Ich ließ die ganze Situation noch einmal Revue passieren und mittendrin schlief ich ein …

Das war also deine erste Erfahrung mit Cybersex …

Natürlich hatte ich schon davon gehört, dass es so etwas gab. Aber bisher hatte ich das für den größten Quatsch gehalten, weil ich mich fragte: *Wie soll das gehen?* Nun wusste ich, dass es funktionierte …

Bei der Erinnerung daran hatte ich trotzdem ein komisches Gefühl im Bauch.

Das wird sich wieder legen.

Viel unangenehmer fühlte es sich nämlich an, später ins Büro gehen zu müssen. Ich hatte ein schlechtes Gewissen, weil ich einfach abgehauen war, ohne meine Arbeit fertig zu machen. Also, kein schlechtes Gewissen dem Bad Boss gegenüber. Der war mir im Moment gerade ziemlich egal. Es ging um meine Ansprüche an mich und meine Arbeitsleistung.

Ich stand auf und machte mir einen Espresso. Weil ich gestern schon wieder so früh ins Bett gegangen war, hatte ich noch Zeit und statt – wie sonst immer – ein wenig vorzuarbeiten, loggte ich mich bei *Love4You&Me* ein.

Man4you: *Gute Nacht, Ms. Quickly!*

Das war alles, was er geschrieben hatte und während ich seine kurze Antwort las, überlegte ich zum ersten Mal: Was hatte eigentlich *er* von diesem Spiel gehabt? Hatte es ihn angeturnt, dass ich seinen Anweisungen gefolgt war?

Ich spürte, dass ich rot wurde.

Vielleicht hat er sich vor Lachen gekringelt?

Oder machten ihn die Bilder an, die er sich dazu vorgestellt hatte? War er auch nackt gewesen? Hatte er gew…, äh, sich selbst befriedigt?

Wieso machte ein Mann so etwas überhaupt?

Und da dämmerte es mir.

Dieses Spiel ist die höchste Form von Distanz!

David war also noch unnahbarer als alle anderen, die ich jemals kennengelernt hatte.

Ich schluckte schwer.

Dieser Typ hat eine Meise! Und du lässt dich auch noch darauf ein!

Ärgerlich klappte ich das Notebook zu und saß eine ganze Weile an meinen Fingerknöcheln knabbernd am Küchentisch, bis ich mich erhob und ins Bad ging, um dem anderen Typen mit der Meise gegenüberzutreten.

Auf in den Kampf!

~

Den ganzen Tag über war es verdächtig ruhig im Büro. Das lag sicher daran, dass Mr. Hanson nicht anwesend war.

„Er ist bei Kunden“, hatte seine Sekretärin gesagt, als ich in sein Büro musste, um ihm Unterlagen auf den Schreibtisch zu legen.

Also konnte ich in Ruhe arbeiten und alles so machen, wie *ich* es für richtig hielt.

So war es früher und so müsste es auch jetzt wieder sein!

Ich nahm mir das nächste Angebot vor, plante und rechnete. Da klingelte mein Handy.

„Hi Jessy. Was gibt es?"

Ich kam gleich zur Sache, denn einer meiner Grundsätze war, während der Arbeitszeit nur in Notfällen privat zu telefonieren.

Ich hörte, wie sie die Nase hochzog.

„Weinst du etwa?"

„Ja", sagte sie mit zittriger Stimme.

„Ach, du Arme! Was ist denn passiert?"

„Der Typ vom Samstag ..."

„Ja? Was ist mit ihm?"

„Er ... Er ist verheiratet!"

„Waaas?"

„Ja! Wir hatten uns gerade auf einen Kaffee getroffen. Das ... Es war schon unser drittes Date. Und dann ..."

„Dann?", zog ich ihr die Antwort aus der Nase.

„Sein Telefon hat geklingelt. Er ... Er ist rot angelaufen. Dann ist er aufgesprungen und rausgerannt. Als er zurückkam ... Da war er so anders. Es war *so* offensichtlich, Rebecca! Da habe ich es ihm auf den Kopf zugesagt."

„Was hat er geantwortet?"

„Er hat gestottert. Die üblichen Ausreden. Er versteht sich nicht mehr mit seiner Frau. Aber die Kinder ..."

„Kinder hat er auch noch? Und er hat dir nichts gesagt? So ein verlogener Kerl!"

„Wer ist ein übler Kerl, Ms. Martin? Sie sprechen doch nicht von mir?"

Ich zuckte zusammen, als ich die tiefe Stimme hinter mir hörte und sauste mit dem Drehstuhl herum.

Mein Boss stand vor mir und ... Man wundere sich und staune: Er lächelte mich an.

Haben sie den einer Gesichtsoperation unterzogen?

„Kleinen Moment bitte", sagte ich zu ihm.

„Ähm, Jessy. Mein Boss will mich sprechen. Ich rufe dich zurück, ja?", versuchte ich, meine Freundin loszuwerden. „Wenn du magst, komme ich nachher kurz bei dir vorbei."

„Lieb von dir, aber ich habe mir gerade eine Kinokarte gekauft. Ich brauche unbedingt Ablenkung."

„Dann ruf du mich an, wenn du zu Hause bist!"

Ich wandte mich meinem Boss zu, der noch immer vor meinem Schreibtisch stand und mich angrinste.

Ich sah ihn fragend an.

„Gute Neuigkeiten, Ms. Martin. TLT International hat zugesagt! Wir haben den Auftrag!"

Er schien sich richtig zu freuen.

Aber mir wurde abwechselnd heiß und kalt.

„Sie sehen mich an, als hätte ich Ihnen eine schlimme Botschaft überbracht", wunderte er sich.

„Das ist es in gewisser Weise ja auch ..."

„Wie kommen Sie zu der Annahme, Ms. Martin?", fragte er und seine Stimme klang nicht mehr ganz so begeistert.

„Wir werden den Preis niemals halten können. Das wissen Sie doch, Mr. Hanson!"

Sein Blick wurde kühl und wenn er eine Augenbraue nach oben zog, war Vorsicht geboten.

Aber – ganz ehrlich? – das war mir egal.

„Ich befürchte, dass wir bei diesem Auftrag nicht nur nichts verdienen, sondern noch drauflegen müssen!"

Er stützte seine Hände auf dem Schreibtisch auf. Das kannte ich ja schon. Sein Blick war nun eiskalt. Auch das kannte ich. Doch dieses Mal war seine Stimme so richtig wütend.

„Wissen Sie was, Sie kleinkarierte Bedenkenträgerin? Sie widern mich an!“

Damit drehte er sich um und lief hinaus.

Nach dem Angriff von Bad Tony fühlte ich mich so elend, dass ich nur noch das Allernötigste machen konnte. Dann packte ich das Notebook ein und fuhr nach Hause.

Dass dieser Kerl mich nicht verstehen wollte! Er schadete der Firma mit seinem oberflächlichen Blick auf die Dinge.

Der kapiert es einfach nicht!

Ich hätte heulen können. Denn offenen Auges würden wir in ein Tief rauschen, von dem wir uns nur schwer erholen würden.

Der macht mit seiner Art die Firma kaputt!

Ich würde mich über ihn beschweren müssen. Aber wirklich etwas in der Hand würde ich erst haben, wenn es zu spät war ...

Um meinen Kopf freizubekommen, fuhr ich zum Lincoln Park und lief ein Stück am See entlang, sah hinaus auf das Wasser und als ich wieder ruhiger atmete, machte ich mich auf den Heimweg.

Zu Hause angekommen, belegte ich ein Sandwich und schenkte mir ein Glas Weißwein dazu ein.

Wenn du so weitermachst, bist du bald Alkoholikerin!

Aber ich brauchte das jetzt einfach, um mich zu entspannen. Während ich kaute, dachte ich an den anderen Kerl in meinem Leben. Er hatte behauptet, dass die Angaben in seinem Profil stimmten. Doch wahrscheinlich hatte er genauso gelogen wie der Typ von Jessy.

Trotzdem konnte ich nicht widerstehen, mich – noch bevor ich alles aufgegessen hatte – in das Singleforum einzuloggen. Meine Finger zitterten vor Aufregung, als ich das Passwort eingab.

Aber das hätte ich mir sparen können. Denn er hatte nicht geschrieben und er war auch nicht on.

Enttäuscht klappte ich das Notebook zu und legte mich mit einem Buch aufs Sofa.

Lange hielt ich es jedoch nicht aus. Nach einer halben Stunde packte mich die Neugier. Vielleicht war er inzwischen on?

Wieder klappte ich den Bildschirm hoch und tatsächlich ...

Es blinkte!

Man4you: *Guten Abend, Ms. Quickly. Hattest du einen schönen Tag?*

Ms. Quickly: *Kann ich nicht behaupten. Und du?*

Man4you: *Bis auf einen kleinen Zusammenstoß war er ganz okay.*

Ms. Quickly: *Willst du mir etwas über den Zusammenstoß verraten?*

Man4you: *Probleme mit dem Boss? Komm, erzähl. Vielleicht kann ich helfen.*

Ich zögerte. Der Kerl fragte mich aus, wollte aber über sich selbst nichts rauslassen. Auch gestern war er derjenige gewesen, der etwas über mich erfahren wollte!

Sei nicht ungerecht! Er hat gefragt, was du über ihn wissen willst.

Pah! Aber nur über sein Aussehen.

Ms. Quickly: *Ach, wie kannst du mir schon helfen?*

Man4you: *Ich bin doch einer von derselben Sorte ;-) Komm, schieß los! Erzähl's dem Onkel David. Ich verrate es auch keinem.*

Ms. Quickly: *Grrr ... Du kannst dich ganz schön festbeißen! Aber okay. Ich benutze dich jetzt mal als „Mülleimer" ;-)*

Man4you: *Tu dir keinen Zwang an.*

Ich atmete tief durch. Dann legte ich los.

Ms. Quickly: *Mein Boss ist sehr oberflächlich. Ich bin sehr genau.*

Man4you: *Sprich weiter!*

Ms. Quickly: *Er verspricht den Kunden Dinge, die wir nicht leisten können. Wenn ich Einspruch einlege, spielt er die Boss-Karte aus.*

Man4you: *In welcher Branche seid ihr?*

Ms. Quickly: *Das werde ich dir nicht sagen.*

Man4you: *Okay! Sprich weiter.*

Ms. Quickly: *Ich kalkuliere Angebote. Es liegt in meiner Verantwortung, den Kunden zufriedenzustellen. Ich muss aufpassen, dass keine Fehler passieren.*

Man4you: *Und Aufträge reinholen?*

Ms. Quickly: *Hm ... Das ist eigentlich seine Aufgabe.*

Man4you: *Aha.*

Ms. Quickly: *Ich hasse seine großkotzige Art, sein ewiges Schnell-Schnell, diese Ungenauigkeit, mit der er alles abwickelt. Der Kerl nimmt nix ernst!*

Man4you: *Was hasst er an dir?*

Ms. Quickly: *Woher soll ICH das wissen?*

Man4you: *Ich bin mir sicher, dass du das ganz genau weißt!*

Ms. Quickly: *Seufz! Er hat mich schon mal Transuse genannt, der A... Und er findet mich garantiert oberpingelig. Dabei reibe ich mich für die Firma auf. Denn wenn ich etwas mache, dann gebe ich hundertfünfzig Prozent!*

Man4you: *Und er?*

Ms. Quickly: *Maximal siebzig!*

Man4you: *Das macht zusammen zweihundertzwanzig! Und wenn man es durch zwei teilt, sind es immer noch einhundertzehn. Das ist kein schlechter Schnitt.*

Ms. Quickly: *Ich verstehe nicht. Was willst du mir damit sagen?*

Man4you: *Ich denke, du treibst ihn genauso in den Wahnsinn wie er dich ;-)*

Ms. Quickly: *Was gibt es da zu grinsen?*

Ich merkte, dass ich sauer wurde. Erst lockerte er meine Zunge beziehungsweise meine Finger und dann lachte er mich aus.

Man4you: *Keine Sorge. Ich nehme dich ernst. Aber ich muss mich ja auch in ihn hineinversetzen können, um dir einen Tipp zu geben.*

Ms. Quickly: *Pah! Und der Tipp wäre?*

Man4you: *Erst noch eine Information. Was macht er gut?*

Ms. Quickly: *Pah!*

Man4you: *Er hat den Job ja nicht in der Lotterie gewonnen. Oder?*

Ms. Quickly: *Ich kriege einen Knoten in der Zunge, wenn ich das jetzt sagen muss.*

Man4you: *Schreib es mir doch einfach ;-)*

Ms. Quickly: *Er ist halt so ein Verkäufertyp. Immer gut drauf. Er kann den Kunden alles verkaufen. Auch Dinge, die es gar nicht gibt. Und ich muss schauen, wie ich das entsprechende Angebot rette.*

Man4you: *Spring nicht an die Decke, wenn du meine Diagnose gleich liest.*

Ms. Quickly: *Oh, oh. Ich glaube, ich logge mich lieber aus.*

Man4you: *Hiergeblieben!*

Ms. Quickly: *Seufz!!!*

Man4you: *Ich denke, ihr seid ein perfektes Team. Du so genau und er der Spitzenverkäufer. Du kannst etwas, das er nicht kann. Er kann etwas, das dir nicht liegt. Ihr solltet miteinander und nicht gegeneinander arbeiten.*

Ms. Quickly: *Gleich spring ich dir an den Hals!*

Man4you: *Da wüsste ich Besseres ;-)*

Ms. Quickly: *Lass mich erst einmal verdauen, was du geschrieben hast.*

Man4you: *Jetzt mal ganz im Ernst, Liebes.*

Ich schluckte.

Liebes?

Ms. Quickly: *Ja?*

Man4you: *Du solltest deine Aversionen gegen den „A..." ablegen und lernen, ihn zu verstehen.*

Ms. Quickly: *Ja, ja ... Und er?*

Man4you: *Sobald er merkt, dass aus deiner Richtung ein anderer Wind weht, wird auch er sich ändern.*

Ms. Quickly: *Ach, ich weiß nicht!*

Man4you: *Probier es aus! Was hast du an?*

Ms. Quickly: *Japs! Dieser Umschwung kam jetzt hinterrücks.*

Man4you: *Ich habe alles gesagt, was es zu sagen gab. Nun können wir uns den schönen Dingen zuwenden.*

Ms. Quickly: *Und die wären?*

Man4you: *Deinen Körper zu verwöhnen.*

Ich atmete tief durch. Ja, ich gebe zu, dass es gestern prickelnd gewesen war. Und auch, dass ich den Tag über immer mal wieder an seine Anweisungen gedacht und dem Gefühl nachgespürt hatte, das diese Geschichte mit ihm in mir auslöste. Aber eine Wiederholung?

Und mal ganz abgesehen davon musste ich das, was er mir gerade in Bezug auf meinen Boss an den Kopf geknallt hatte, erst mal verdauen.

Meine Aversionen ablegen ...? Auf Bad Tony zugehen ...? Der hatte Nerven.

Die Kerle halten doch alle zusammen!

Ms. Quickly: *Ich sehe keinen Sinn darin, mit dir eine Cybersex-Beziehung zu beginnen.*

Man4you: *Was spricht dagegen, dass wir uns auf diese Art näher kennenlernen?*

Ms. Quickly: *Das ist wie eine Brieffreundschaft mit Streicheleinheiten, die ich mir selbst verabreichen muss.*

Man4you: *Lach. Das hast du aber schön formuliert. Was hättest du denn gerne?*

Ms. Quickly: *Wir könnten zumindest telefonieren. Einen Stimmensympathiecheck sozusagen.*

Man4you: *Was für ein langes Wort ;-)*

Ms. Quickly: *Nicht ablenken!*

Man4you: *Wir können telefonieren.*

Ich spürte, wie meine Wangen vor Aufregung heiß wurden. Und gleichzeitig hatte ich Angst davor, dass mir seine Stimme nicht gefallen könnte. Vielleicht war sie so hoch wie die eines Jungen oder er sprach einen breiten Slang, der mich abtörnen würde ...

Ms. Quickly: *Jetzt?*

Man4you: *Jetzt ist leider nicht möglich.*

Ms. Quickly: *Warum nicht?*

Man4you: *Ich bin heiser. Mein Arzt hat mir Sprechverbot erteilt.*

Ms. Quickly: *Und das soll ich dir glauben???*

Man4you: *Ja!*

Ms. Quickly: *Warum sollte ich?*

Man4you: *Weil ich die Wahrheit sage. Also, was wünschst du dir?*

Ms. Quickly: *Seufz! Du kannst ziemlich nerven!*

Man4you: *Ich verspreche dir, dass wir schnellstmöglich telefonieren. Vielleicht schon morgen.*

Ms. Quickly: *Okay! Wider besseres Wissen glaube ich dir.*

Man4you: *Also: Was wünschst du dir, Liebes? Ein Spiel wie gestern? Oder etwas anderes.*

Ms. Quickly: *Wieso nennst du mich Liebes?*

Man4you: *Weil mir danach ist.*

Weil du wahrscheinlich jede Frau, mit der du chattest, Liebes nennst ..., sagte eine Stimme in meinem Kopf.

Lass dich darauf ein oder beende das Gespräch. Aber hör auf zu zicken, meckerte eine andere.

Ms. Quickly: *Du tust heute, was ICH dir sage!*

Man4you: *Gut. Ich warte auf deine Anweisungen ;-)))*

Oh, mein Gott! Das hatte ich nun davon.

Ms. Quickly: *Was hast du an?*

Man4you: ;-) *Jeans, T-Shirt, Slip.*

Ms. Quickly: *Keine Schuhe?*

Man4you: *Nein.*

Sollte ich es jetzt so machen wie er und ihm nur einen müden Abklatsch dessen bieten, was er gestern mit mir gemacht hatte? Darauf hatte ich nicht die geringste Lust, mal abgesehen davon, dass es mir nicht lag, einem Mann Anweisungen zu geben.

Ich brauchte etwas anderes. Etwas, dem ich gewachsen war und mit dem ich ihn verblüffen und faszinieren konnte.

Nun fängst du schon wieder an, um einen unerreichbaren Mann zu kämpfen!

Verdammt!

Dieses Verhalten steckte einfach zu tief in mir drinnen. Wollte ein Mann nicht, hatte ich den Drang, ihm so lange meine Vorzüge zu präsentieren, bis er gar nicht anders konnte, als mich doch zu wollen.

Man4you: *Nun, Ms. Quickly? Den Mund zu voll genommen?*

Ja, natürlich habe ich das! Aber dir *werde ich das garantiert nicht auf die Nase binden!*

Ms. Quickly: *Ich werde dir jetzt eine Geschichte erzählen und du wirst sie lesen, ohne zu kommentieren. Einfach nur lesen und möglicherweise ... Nun ja ... Was du zu tun hast, weißt du selbst ;-) Du verstehst?*

Man4you: *Absolut! Ich bin mehr als gespannt, womit du mich herausfordern wirst ;-)*

Das wirst du schon noch sehen, Man4you mit deinem betrügerischen Profilnamen!

Denn er war kein *Man4me*, sondern einer, der sich nicht festlegen und auch von anderen Frauen naschen wollte.

Ich und die unerreichbaren Männer!

Ich spürte eine Mischung aus Wut und dem Wunsch

nach Genugtuung in mir hochsteigen. Das war anscheinend der Motor, der mich antrieb und während meine Finger sich einfach verselbstständigt hatten, fragte ich mich, was für eine Geschichte das sein sollte und ob ich mich mit meinem Versprechen nicht zu weit aus dem Fenster gelehnt hatte.

Ich dehnte meine Finger und dann legte ich los …

6

SPIEL MIT VERBUNDENEN AUGEN

Ms. Quickly: *Nach einem anstrengenden Tag liegst du auf deinem Bett. Die Sonne schickt ihre letzten Strahlen durch die Ritzen der Jalousien, um dein Schlafzimmer in ein rosiges Licht zu tauchen.*

Es ist noch warm. Deshalb liegst du nackt auf der Decke. Neben dir steht ein Glas Wein, von dem du immer wieder einen Schluck nimmst.

Du schließt deine Augen und lauschst der Musik, die leise aus dem Nebenzimmer dringt. Und während du so liegst, denkst du, dass es doch schön wäre, wenn jetzt eine Frau an deiner Tür stehen würde. Eine Frau, die so hübsch ist, dass es dir den Atem verschlägt.

Sofern du sie sehen könntest ...

Denn tatsächlich befiehlt dir in diesem Moment eine weibliche Stimme, die Augen geschlossen zu halten.

„Wenn du sie öffnest, werde ich mich in eine Fata Morgana verwandeln und eine halbe Sekunde später verschwunden sein“, sagt die Stimme, die so erotisch klingt, dass sich dir sämtliche Haare aufstellen.

Und nicht nur die Haare ...

Du hörst am Klack-Klack ihrer Schritte, dass sie High Heels trägt. Das Klackern nähert sich deinem Bett. Wie gerne würdest du deine Lider ein wenig anheben. Nur ein winziges Stück. Aber du denkst an ihre Warnung.

Das Nächste, was du wahrnimmst, ist ihr Parfum. Es ist genauso, wie du es magst. Intensiv und doch nicht aufdringlich. Du atmest ihren Duft tief ein.

Einen Moment später spürst du, dass sie sich neben dir auf dem Bett niederlässt. Es kostet dich all deine Willenskraft, der Versuchung zu widerstehen, deine Augen aufzureißen.

Du streckst eine Hand aus, willst sie berühren.

„Das ist nicht erlaubt!", sagt sie.

Du spürst ihre Berührung und etwas Glattes, das sie dir über die Augen legt. Automatisch hebst du den Kopf an, weil sie das Tuch, denn etwas anderes kann es nicht sein, festbinden will.

Du bist angespannt bis in die Zehenspitzen, als sie mit ihren Fingernägeln über deine Brust fährt. Aber es ist eine höchst erregende Anspannung. Du spürst, wie dein Körper darauf reagiert. Die Gänsehaut, die sich auf deiner Haut ausbreitet ... Dein Schwanz, der praller wird und sich immer mehr aufrichtet ...

Du genießt die Situation, wenn es dir auch zunehmend schwerer fällt, die Kontrolle abzugeben und nicht nach der fremden Frau zu greifen, um ihr deinen Willen aufzuzwingen.

Als hätte sie deine Gedanken erahnt, packt sie eines deiner Handgelenke. Du spürst ihre langen, angenehm kühlen Finger auf deiner Haut und etwas Seidiges, mit dem sie deine Hand an das Bett fesselt.

Dann nimmt sie dein anderes Handgelenk.

Du willst protestieren. Du bist doch derjenige, der sonst immer bestimmt!

Da legt sie eine Hand auf deinen Mund und lacht leise. Denn sie weiß genau, was in dir vorgeht.

Sie bindet auch deine andere Hand fest.

Nun bist du ihr ausgeliefert.

Wehrlos?

Nein, du weißt, dass du dich befreien könntest.

Wenn du das wolltest ...

Aber du genießt das Spiel.

Alles in dir ist angespannt vor Neugierde, was als Nächstes kommen könnte. Du bist erregt, denn du spürst die Frau, spürst, wie sie sich neben dir ausstreckt. Und auch sie ist nackt. Bis auf die Schuhe.

„Fass mich an", sagst du.

Denn einfach nur schweigen und zulassen ... Das kannst du nicht.

Aber sie fasst dich nicht an.

Du wartest, fragst dich, ob das alles echt oder du in einem Traum gefangen bist.

Du bewegst dich, um das zu überprüfen.

Die Frau macht „psch", und wieder hörst du leises Lachen.

Sie scheint sich sehr über dich zu amüsieren.

Du willst protestieren. Noch bevor du deinen Mund öffnen kannst, spürst du ihre Lippen auf deinen.

Das kommt so überraschend, dass du einen Moment brauchst, um zu realisieren, was da passiert, als sie auch schon ihre Zunge in deinen Mund schiebt.

Es gefällt dir. Deshalb küsst du sie zurück. Mit Leidenschaft und voller Neugierde und Lust auf mehr.

Am liebsten würdest du sie in deine Arme reißen und

ihr zeigen, wer von euch beiden das Sagen hat. Aber ... du tust es nicht, denn du kannst es nicht.

So lässt du gezwungenermaßen zu, wie sie sich auf deinen Körper schlängelt, während sie sich an dir festhält und sie dich mit ihrer Zunge vögelt, wie du es gerne mit ihr tun würdest.

Sie löst ihre Lippen von deinen, richtet sich auf und rutscht auf deiner Brust ein Stückchen nach oben.

Plötzlich spürst du ihre weiche Haut an deinen Wangen. Einen Moment später hast du ihren Nippel im Mund. Du leckst mit deiner Zunge darüber, saugst daran. An ihrem Stöhnen merkst du, wie gut es ihr gefällt.

Doch sie will mehr.

„Du musst nicht so vorsichtig sein", murmelt sie. „Ich mag es gerne ein wenig fester."

Du beißt leicht zu, leckst, saugst und plötzlich schiebt sie ihre Hand zwischen deinen Mund und ihren Nippel. Sie rutscht noch ein Stück weiter nach oben. Bis sie mit ihren rosigen Schamlippen auf deinem Mund sitzt.

„Leck mich!", befiehlt sie.

Du tust es. Ja, du wirst alles tun, was sie sagt, denn das ist das Spiel ...

An ihren Bewegungen merkst du, wie sehr sie es genießt, deine Zunge zwischen ihren Schamlippen zu spüren, bis sie sich ein winziges Stück nach unten schiebt, damit du ihre Perle liebkosen kannst.

Das tust du und die ganze Zeit über steht dein Schwanz hart in die Höhe und du kannst es kaum erwarten, dass sie nach unten rutscht ...

Aber zuerst einmal schmeckst du sie, leckst über ihre Feuchtigkeit und würdest gerne mit deinen Händen fest ihren Po umfassen.

Und dann endlich ... Spürst du, wie sie zuckt und wie es

auf deinem Gesicht noch ein wenig feuchter wird. Sie stöhnt auf. Aber es hört sich nicht so an, als sei sie satt. Es klingt, als hätte sie Sehnsucht nach mehr.

Das ist es, was du ihr geben willst: Viel mehr!

Als sie sich endlich an deinem Körper nach unten bewegt und du ihren Po an deinem Schwanz fühlst, entschlüpft auch deinen Lippen ein Stöhnen. Sie hält inne und streichelt über deine Brust. Und dann spürst du die Bewegung ihrer Hand auf deinem Bauch und du denkst: „Dieses Biest!“

Denn, statt sich endlich auch um dich zu kümmern, scheint sie sich zu streicheln, während sie sich mit ihrem feuchten Unterleib auf deinem Bauch bewegt, als würde sie deinen ganzen Körper für ihre Lust benutzen.

Während du geduldig wartest – warten musst – und sich dein Schwanz ein Stückchen zwischen ihre Pobacken drückt und du dich danach sehnst, sie zu stoßen, kommt sie endlich.

Doch dann sinkt sie ermattet auf dir nieder.

„Das kannst du jetzt aber nicht machen!“, protestierst du entsetzt.

Sie macht wieder nur „psch“, umschließt deinen Schwanz und fährt mit dem Zeigefinger über die feuchte Spitze. Ja, du hast mehr als nur einen Sehnsuchtstropfen vergossen und du fluchst und drohst ihr, dich freizumachen, wenn sie dich weiterhin so quält.

„Sei still, sonst bin ich weg!“, droht sie dir und du bleibst bewegungslos liegen.

Denn das sind ihre Regeln und du ahnst, dass sie es ernst meint.

„Würdest du! Mich! BITTE f...“

Aber da hat sie schon die andere Hand auf deinen Mund gelegt und lacht.

„Verdammtes Miststück", denkst du und gleichzeitig törnt es dich an, dass sie mit dir spielt.

Das ist es, was du dir insgeheim schon immer gewünscht hast: Eine Frau, die auch mal die Führung übernimmt. Die sich nicht nur unterordnet, sondern auch mal bestimmt. Eine Frau auf Augenhöhe.

Plötzlich spürst du etwas Warmes, Feuchtes an deinem Schwanz und realisierst, dass es ihre Zunge ist, die über deine pralle Eichel streicht.

Ein Prickeln geht durch deinen Körper. Du musst dich sehr beherrschen, nicht in ihrem Mund zu kommen. Denn du willst noch mehr. Also reißt du dich zusammen und genießt, was sie mit dir treibt und vertraust darauf, dass sie weiß, was sie tut.

Und sie weiß es. Sehr genau ... Immer, wenn du glaubst, jeden Moment die Kontrolle über dich zu verlieren, stoppt sie, lässt dir kurz Zeit und ... lacht leise.

Dann endlich lässt sie deinen Schwanz los. Du spürst, wie sie wieder auf dich steigt. Du bist erregt, wie du es noch niemals warst und plötzlich spürst du ihre Schamlippen an deinem Schwanz und wie sie sich im Zeitlupentempo auf dir niederlässt und nach dieser ganzen Tortur, die sie dir auferlegt hat, kannst du sie nehmen, auch wenn du sie nicht berühren darfst. Aber du stößt zu. Mit aller Kraft. Und entlockst ihr ein Stöhnen.

Während du sie endlich auf dir spürst, hält sie sich an deiner Hüfte fest und reitet dich. Sie reitet dich, wie es noch keine Frau getan hat. Sie benutzt dich für ihre Lust.

„Biest", knurrst du wieder und findest es herrlich, dass du ihr solche Wonnen bereitest.

Sie wird immer schneller in ihren Bewegungen und du weißt, dass du dich nicht mehr lange zurückhalten kannst. Wie gerne würdest du sie packen, ihre Nippel verwöhnen, an ihrer Perle reiben, um sie in den Wahnsinn zu treiben. Doch du bist gefesselt.

Kurz überlegst du, ob du deine Hände nicht einfach losreißen sollst. Aber du hast dich auf ihr Spiel eingelassen und du bist jemand, der fair spielt.

Und dann kannst du gar nicht mehr denken. Du genießt nur noch und endlich spürst du, wie sich ihr Inneres um deinen Schwanz herum zusammenzieht und nun darfst auch du kommen und dich mit lautem Stöhnen in sie ergießen.

Als ich die Hände von der Tastatur nahm, atmete ich tief durch. Ich wusste nicht, woher ich die Worte genommen hatte. Sie flossen einfach aus mir heraus und in meine Finger. Wie im Fieber war ich gewesen.

Und nun?

Sollte ich ihn fragen: *War ich gut?*

Sollte ich warten, wie er reagierte?

Oder sollte ich weiter die Führung behalten und mich einfach von ihm verabschieden?

Ms. Quickly: *Bye, bye, David …*

7

ZEIT FÜR ETWAS NEUES

Dass ich erschöpft war, merkte ich erst, nachdem ich das Notebook zugeklappt hatte. Ich ging hinüber ins Wohnzimmer und ließ mich auf meinem bequemen Sofa nieder. Irgendwie war mir das alles zu viel, was heute passiert war.

Ich zählte auf: Anthony Hanson, mein schrecklicher Bad Boss, hatte mich beleidigt.

„Sie kleinkarierte Bedenkenträgerin widern mich an", hatte er gesagt, dieser Blödmann!

Das war unverschämt und mit nichts zu entschuldigen. Wie sollte ich ihm morgen wieder in die kalten Augen sehen können, ohne das Bedürfnis zu haben, sie ihm auszukratzen?

Das Schlimmste war, dass auch dieses Verhalten nichts daran geändert hatte, dass ich mich noch immer zu ihm hingezogen fühlte.

Du Masochistin!

Dann mein Abgang aus der Firma. Ich grinste. Der war cool gewesen. *Damit* hatte er nicht gerechnet!

Später meine Rückkehr ins Büro, um das Notebook zu holen.

Ich hatte gehört, dass er mit seinem *Darling* telefonierte, und konnte erneut den Stich spüren, den mir das versetzt hatte.

Und er dich fast erwischt hätte!

Wenn er mich morgen fragen würde, warum ich so spät noch einmal zurückgekommen war – obwohl ich mir nicht vorstellen konnte, dass er sich an so etwas Unwichtiges erinnerte – würde ich es abstreiten.

Dann der Chat mit David ...

Ujujuj!

Was er mir zu meinem Verhältnis zu Bad Tony gesagt hatte, musste ich auch noch mal durchdenken und analysieren. Es widerstrebte mir, dass ich mir Gedanken darüber machen sollte, dass mein Boss und ich ... Was hatte David gemeint? Dass wir ein perfektes Paar wären.

Ich lachte hart auf.

Und dass er glaubte, ich würde meinen Boss in den Wahnsinn treiben.

Natürlich konnte ich versuchen, mich mehr in ihn hineinzuversetzen, wobei ich bezweifelte, dass mir das jemals gelingen würde. So weit an der Oberfläche wie er war ich noch nie geschwommen.

Trotzdem könnte es spannend sein, mal anders auf ihn zuzugehen und eine Art Projekt daraus zu machen. Eine „Boss-Analyse" mit dem Ziel „Manipulation" sozusagen.

Ich musste grinsen, als ich mir vorstellte, wie ich ihn ab sofort verständnisvoll anlächeln würde, selbst wenn das, was er sagte, noch so irrsinnig war. Alleine seine Reaktion zu beobachten, wäre es wert.

Doch zurück zum Chat! Heute war alles anders gelaufen als bei den anderen Malen. Ob es daran lag, dass es mir zum Hals heraushing, immer die Unterlegene zu sein? Oder waren es seine provozierenden Worte gewesen? Das Ergebnis war jedenfalls, dass ich durch diese Geschichte zum ersten Mal aus mir herausgegangen war.

Sie hatte nicht so ganz meinen Wünschen an einen Mann entsprochen. Ich war eher jemand, der sich beim Sex lieber bestimmen ließ. Mir war es lieber, dass derjenige wusste, was er tat, dass er mir zeigte, was ihm gefiel, und er ohne mein Zutun erriet, womit er mich so richtig anmachen konnte. Ich mochte es, wenn der Mann mich einfach packte und mir so ein bisschen seinen Willen aufzwang.

Aber dieses Mal … hatte ich den Spieß umgedreht. Lag es daran, dass ich nicht wollte, dass er mich für ein kleines, ahnungsloses Mädchen hielt, mit dem er machen konnte, was er wollte?

Irgendwie hatten meine Finger die Geschichte von alleine geschrieben und genau, wie ich ihn gebeten hatte, kam von ihm kein Wort dazwischen. Wahrscheinlich hatte er sich amüsiert über meine Fantasie. Vielleicht hatte es ihn so angemacht, dass er Hand angelegt und fünf gegen einen gespielt hatte?

Ich kicherte.

Garantiert hatte er das gemacht. Ich hatte mich beim vorhergehenden Chat ja auch angefasst.

Oder aber … Er hatte es gar nicht gelesen!

Vielleicht war er die ganze Zeit über im Bad gewesen und hatte geduscht. So, wie ich es gestern getan hatte. Und nach seiner Rückkehr hatte er über meine Fantasien gelacht …

Ich merkte, wie mir ganz anders wurde. So detailliert, wie ich ihm alles beschrieben hatte. Wahrscheinlich würde er denken, die Frau in der Geschichte sei ich selbst gewesen.

Und wenn schon!

Ein Mann, der nicht einmal mit mir telefonieren wollte?

Und trotzdem war ich neugierig, wie er darauf reagiert hatte. Ob ich mal kurz online gehen sollte?

Womöglich war er noch im Forum und wartete auf meine Rückkehr?

Wenn schon ein schneller Abgang, dann aber konsequent!

Ich musste an etwas anderes denken, um nicht in Versuchung zu kommen, mein Passwort bei *Love4You&Me* einzutippen. Da fiel mir der Anruf von Jessy ein. Die Arme war an einen Lügner geraten.

So wie du wahrscheinlich auch!

Ich stand auf und holte das Telefon, um sie anzurufen. Nach dem dritten Klingelton ging sie ran.

„Na, Liebes? Wie geht es dir?", fragte ich.

„Ich habe mir im Kino einen tragischen Liebesfilm reingezogen und ordentlich geheult."

„Hat es dir gutgetan?"

„Ja."

„Und nun? Was wirst du tun?"

„Von einem wie dem lasse ich mich nicht unterkriegen. Ich habe mich gerade eingeloggt, um nach dem Nächsten zu suchen."

„Gleich wieder aufs Pferd steigen, nachdem man runtergefallen ist? Aber pass ein bisschen auf, ja?"

„Garantiert! Vom nächsten Typen lasse ich mir Infos geben, um ihn zu überprüfen. Nachname, Arbeitsstelle, Festnetznummer oder irgendwas in der Art."

„Sofern er das rausrückt."

„Muss er. Sonst gibt es kein Date mit mir!"

„Guter Vorsatz!"

„Und bei dir?"

„Reden wir das nächste Mal, ja? Such du dir jetzt deinen Prinzen!"

Ich legte auf, zog mich aus und dann ging ich ins Bett. Ohne noch einmal on zu gehen.

Man4you: *Kleiner Feigling, haust einfach ab. Komm bald wieder zurück!*

Man4you: *Und danke dir für deine reizvolle und anregende Geschichte ;-)*

Obwohl ich gestern Abend noch lange über das, was David über meine Beziehung zu meinem Boss geschrieben hatte, nachgrübelte, war ich wieder so früh aufgewacht, dass ich genügend Zeit hatte, das Notebook aufzuklappen und mich im Singleforum einzuloggen. Und dann hatte ich gelesen, was er mir gestern noch geschrieben hatte.

Hmhmhm ...

Sollte ich das nun gut oder schlecht finden?

Ich wusste es nicht und eine Antwort würde ich ihm jetzt sowieso nicht schreiben, sondern erst heute Abend.

Stattdessen ging ich ins Bad, putzte Zähne, duschte, zog mich an und erst, als ich meine Wimpern getuscht und meine Lippen nachgezogen hatte, wurde mir bewusst, was ich tat. Ich ging ins Schlafzimmer, zog eines meiner Kleider vom Bügel und schlüpfte hinein. Die Haare ließ ich offen. Und so sah ich dann aus wie früher, bevor ich mich hatte gehenlassen.

Eine halbe Stunde später betrat ich mein Büro. Mr. Hanson war noch nicht da. Ich würde also erst einmal in

Ruhe arbeiten können. Gegen Mittag hörte ich ihn mit seiner Sekretärin sprechen. Kurz darauf kam er in mein Zimmer und baute sich vor meinem Schreibtisch auf. Wie immer war er perfekt gekleidet mit seiner Jeans und dem Sakko, unter dem man seine breite Brust und die Muskeln erahnen konnte.

Poch, poch, poch, machte mein Herz.

„Wie läuft es bei Ihnen, Ms. Martin?“, fragte er mich, statt einer Begrüßung.

„Gut“, antwortete ich knapp.

„Wir müssen uns unterhalten“, meinte er. „Kommen Sie doch mal mit.“

Er verließ das Zimmer und ich lief ihm hinterher in sein Büro. Dort zeigte er auf einen der beiden Stühle vor seinem Schreibtisch. Ich nahm Platz.

Poch, poch, poch ...

Obwohl ich aufgeregt war, lächelte ich ihn an, sah ihm fest in seine schönen blauen Augen, und ergriff das Wort, bevor er es tun konnte.

„Ich habe nachgedacht“, begann ich.

Er zog fragend die Augenbrauen nach oben, sagte jedoch nichts.

„Wir sollten etwas an unserer Kommunikation, aber noch viel mehr an unserer Einstellung ändern.“

„Einstellung zu was?“, fragte er.

„Einstellung dem anderen gegenüber. Ich weiß, was Sie von meiner Arbeitsleistung halten. Sie haben es mir ja oft genug gesagt. Ich sehe es jedoch anders. Ich leiste hier täglich hundertfünfzig Prozent. Aber Sie sehen immer nur das, was ich Ihrer Meinung nach nicht oder falsch mache.“

Hatte ich es mir nur eingebildet oder war er bei den Worten hundertfünfzig Prozent zusammengezuckt? Wahrscheinlich waren es für ihn nicht mehr als dreißig.

„Sprechen Sie weiter!“, befahl er.

„Ich ...“

Meine Zunge wurde schwer.

„Mir scheint es so, dass von Ihnen nur siebzig Prozent kommen.“

Jetzt war es raus!

Er sah mich an, als hätte ich ihm eins übergebraten.

„Es tut mir leid, aber ich empfinde es so. Und ...“

Ich traute mich nicht, weiterzusprechen. War das, was ich gerade gesagt hatte, nicht schon deutlich genug? Deshalb schwieg ich.

„Und?“, fragte er.

„Nichts. Es wäre schön, wenn Sie mal darüber nachdenken könnten, wie Sie das empfinden. Und wenn wir noch einmal von vorn beginnen können. Also, falls jeder den anderen mehr achten würde, dann wären wir doch auch leistungsfähiger. Ich meine, womöglich ergänzen wir uns ja gegenseitig.“

Das also nennst du Projekt „Boss-Analyse“ mit dem Ziel „Manipulation“? Noch offensichtlicher geht es wohl kaum und du ... du hast dich gerade ganz schön zum Narren gemacht!

Schnell erhob ich mich.

„Ich muss weiterarbeiten“, stieß ich hervor und machte, dass ich rauskam.

~

Ich hatte ja erwartet, dass er mich zurückpfeifen und mir seine Meinung an den Kopf werfen würde. Ich wusste ja nicht einmal, wieso er mich überhaupt zu sich gerufen hatte. Aber er ließ mich den ganzen Tag in Ruhe. Ich bekam ihn kein einziges Mal mehr zu Gesicht und ich konnte nicht glauben, dass er das einfach so geschluckt hatte. Aber vielleicht hatte David mit dem, was er gesagt hatte, recht gehabt? Womöglich musste einer – in dem Fall ich – nur mal den ersten Schritt tun?

Jedenfalls warst du mutig genug, es zu versuchen!, dachte ich trotzig.

Da er mir nicht wieder neue Anfragen auf den Tisch warf, schaffte ich mein Arbeitspensum bis zum Feierabend. Also fast. Ich musste nur eine einzige Überstunde machen. Aber dann verließ ich mein Büro mit dem Notebook in der Tasche und fuhr heim.

Ich machte mir ein Sandwich, nahm mir vor, am nächsten Tag Salat und Gemüse einzukaufen und noch beim Kauen öffnete ich mein Notebook und loggte mich bei *Love4You&Me* ein.

Das grüne Licht auf dem Profil von Man4you leuchtete. Ich atmete tief durch, überlegte kurz und dann schickte ich ihm eine Chatanfrage.

Ms. Quickly: *Guten Abend, David.*

Ich wartete und kaute und wartete. Dann stand ich auf und holte mir ein Glas Wein. Ich wartete und trank und wartete. Von Minute zu Minute wurde ich ungeduldiger.

Grrrr ... Warum antwortet dieser Kerl nicht?

Dann ... endlich ...

Man4you: *Guten Abend, Ms. Quickly. Wie geht es dir?*

Ms. Quickly: *Ganz gut und dir?*

Man4you: *Auch gut. Danke. Du bist so schnell verschwunden gestern.*

Ms. Quickly: *Es war alles gesagt.*

Man4you: *Nein. Meine Meinung fehlte noch.*

Ms. Quickly: *Vielleicht wollte ich die ja gar nicht wissen!?*

Man4you: *Eine Frau, die nicht neugierig ist? Gibt es das?*

Ms. Quickly: *Womöglich ... Aber wenn du deine Meinung unbedingt loswerden willst?*

Man4you: *Du bist süß!*

Ms. Quickly: *Findest du?*

Man4you: *Auf jeden Fall!*

Ms. Quickly: *Also? Deine Meinung?*

Man4you: *Deine erregende Geschichte schreit nach einer Revanche.*

Ms. Quickly: *Aha. Ich habe dich inspiriert? Aber sag mal ...*

Man4you: *Ja?*

Ms. Quickly: *Wenn ich mal indiskret sein darf ...*

Man4you: *Du darfst!*

Ms. Quickly: *Hast du ... hm ... hast du am Ende der Geschichte ... Also hast du ...???*

Man4you: *Ich weiß nicht, was du meinst!*

Ms. Quickly: *Aber natürlich weißt du das!*

Man4you: *Das bleibt mein Geheimnis ;-)*

Ms. Quickly: *Es ist ja nicht dein einziges ...*

Man4you: *Du sprichst in Rätseln!*

Ms. Quickly: *Du hattest mir gestern etwas versprochen.*

Man4you: *Habe ich das?*

Ms. Quickly: *Stichwort telefonieren.*

Man4you: *Ich sagte, dass wir telefonieren können. Aber*

meine Stimme ist noch nicht in Ordnung. Bitte gedulde dich bis morgen.

Ms. Quickly: *Mal sehen, was du dann für eine Ausrede hast.*

Man4you: *Keine! Ich verspreche dir: Morgen werden wir miteinander sprechen!*

Ms. Quickly: *Okay. Aber ich möchte schon heute etwas über dich wissen.*

Man4you: *Du hast eine Frage frei.*

Ms. Quickly: *Und du wirst sie mir ehrlich beantworten?*

Man4you: *Ja.*

Ms. Quickly: *Wieso suchst du nur etwas Unverbindliches?*

Man4you: Zuerst einmal *soll es unverbindlich sein.*

Ms. Quickly: *Warum? Angst vor Nähe?*

Man4you: *Gut. Ich hatte dir eine Antwort versprochen. Ich bin noch nicht so lange Single. Meine letzte Beziehung ... Nun, ja ... Das Ende war nicht so schön. Davon muss ich mich erholen.*

Ms. Quickly: *Definiere „zuerst einmal".*

Man4you: *Wir hatten ausgemacht: EINE Frage.*

Ms. Quickly: *DU hattest das gesagt. Ich nicht.*

Man4you: *Warum bist du Single?*

Ms. Quickly: *Ich bin es ja nicht freiwillig.*

Man4you: *Wer zwingt dich dazu?*

Ms. Quickly: *Lach. Keiner. Aber ich muss ja erst einmal einen finden, mit dem es passt.*

Man4you: *Und es gibt keinen, bei dem du schwach werden könntest?*

Verdammt! Natürlich gab es den! Aber sollte ich ihm etwa schreiben: „Ich bin unglücklich in meinen Boss verliebt. In den Mann, der mich beschimpft und nicht ausstehen kann."

Ms. Quickly: *Themenwechsel!*

Man4you: *Jetzt weichst du aber ganz schön aus ;-)*

Ms. Quickly: *Habe ich mir von dir abgeschaut ;-)*

Man4you: *Du weißt, dass das nicht stimmt.*

Ms. Quickly: *Ja, und?*

Man4you: *Gut. Lassen wir es so stehen und wenden uns spannenderen Themen zu.*

Ms. Quickly: *Ach, ja? Welchen zum Beispiel?*

Man4you: *Wie wäre es, wenn ich mich mit meiner Sicht der Dinge revanchieren würde? ;-)*

Ms. Quickly: *„Der Dinge"?*

Man4you: *Eine Geschichte für dich.*

Ms. Quickly: *Oh, ja! Mach mal!!!*

Man4you: *Wir werden es machen wie gestern. Das hat mir gefallen.*

Ms. Quickly: *Du schreibst, ich lese, ohne zu kommentieren?*

Man4you: *Richtig! Aber am Ende bleibst du da! Verstanden?*

Ms. Quickly: *Mal sehen …*

Man4you: *Ich bin mir sicher, du bleibst. Gib mir einen Moment. Ich will mir erst noch ein Glas Wein einschenken. Und noch etwas: So schnell tippen wie du kann ich nicht ;-)*

Ms. Quickly: *Ich warte …*

Man4you: *Gut!*

Aber ob ich auch noch warte, wenn du geendet hast, weiß ich nicht.

Ich ging in die Küche und schenkte mir ebenfalls ein Glas Wein ein. Dann lief ich zurück ins Wohnzimmer. Heute wollte ich es mir auf dem Sofa bequem machen, während er im Schneckentempo schreiben würde.

Nett, dass mal jemand langsamer ist als ich …

8

SEX MIT DAVID

Man4you: *Ich habe mich nach dem Duschen auf mein Bett gelegt, um in Ruhe ein Glas Wein zu trinken und den Tag ausklingen zu lassen. Meine Augen sind geschlossen und ich gehe meiner Lieblingsfantasie nach ...*

Die Tür öffnet sich und eine Frau, die sexy und schön ist, betritt mein Schlafzimmer. Sie trägt nur Dessous und High Heels. Sie nähert sich meinem Bett und noch bevor sie sich auf die Kante setzen kann, packe ich sie und ziehe sie neben mich. Ohne zu murren, lässt sie es sich gefallen.

Wie immer duftet sie verführerisch.

Ich nehme sie in die Arme und streichle sie. Dann küsse ich ihre zarten Lippen. Sie öffnet sie ganz leicht, damit ich mit meiner Zunge in ihren Mund eindringen kann. Wir streicheln uns.

Ich ziehe unter der Decke ein Seidentuch hervor. Damit verbinde ich ihr die Augen, mit einem zweiten und dritten fixiere ich ihre Handgelenke am Bett. Sie schnurrt in Vorfreude auf die Genüsse, die ich ihr bereiten werde.

Mit den Fingerspitzen fahre ich über ihre zarte Haut

und ihre schönen Brüste. Ihre Nippel stellen sich sofort auf. Ich nehme sie zwischen Daumen und Zeigefinger und drehe daran. Gerade so fest, bis sie anfängt zu stöhnen. Ich beuge mich zu ihr hinunter und verschließe ihren Mund mit einem Kuss. Aber ich spiele weiter mit ihren Nippeln. Mal fahre ich ganz zart über die Spitzen, mal kneife ich sie. Sie zappelt unter mir, denn sie ist erregt bis in die Haarspitzen.

Ich löse mich von ihr. Sie seufzt tief.

„Gib mir deinen Schwanz in den Mund", bettelt sie.

Ich wäre ein Unmensch, dieser Bitte nicht nachzukommen. Deshalb rutsche ich nach oben und schlage ihr mit meinem Schwanz leicht auf den Mund. Sie öffnet ihn. Fährt mit der Zungenspitze über meine Eichel, nimmt sie zwischen ihre Lippen.

Ich stöhne. Denn ich liebe es, wenn sie meinen Schwanz mit ihren Lippen und ihrer Zunge umspielt und ihn ganz tief in sich aufnimmt.

Sie ist eine wahre Zungenkünstlerin!

Vorsichtig drehe ich mich auf ihr um und beuge mich hinunter zu der wunderbaren Stelle zwischen ihren schönen Schenkeln. Ich packe ihre Beine, ziehe sie mit einem Ruck auseinander und fahre mit meiner Zunge über ihre Perle.

Sie stöhnt auf und ich muss leichte Gewalt anwenden, um ihren Unterleib stillzuhalten, damit ich sie mit meiner Zunge und meinen Lippen quälen kann. Erst, als sie sich aufbäumt und laut stöhnend ihren Saft auf meiner Zunge verteilt, lasse ich los.

Sie hat sich an meinem Schwanz festgesaugt. Doch nun ist es genug, sonst besteht die Gefahr, dass ich in ihrem Mund komme.

„Öffnen", befehle ich.

Sie gehorcht. So, wie sie es immer tut.

Ich küsse ihre Lippen, ihre Brüste, sauge fest an ihren Nippeln.

Ich bin sehr erregt, würde sie am liebsten nehmen und um den Verstand vögeln. Aber ich würde schnell die Beherrschung verlieren. Das will ich nicht. Ich will es genießen, sie in Besitz zu nehmen ...

Um wieder runterzukommen, streichle ich die Innenseiten ihrer Schenkel, beuge mich hinunter und küsse sie, beiße leicht in ihr Fleisch.

Kurz darauf packe ich ihren Po. Ja, ich packe fest zu, denn das mag sie, und ich bringe sie in die Position, die mir am besten gefällt. Dazu nehme ich ein Bein und lege es mir über die Schulter. Danach das andere Bein über die andere Schulter. Ich küsse wieder die Innenseite ihrer Schenkel und streiche mit meinen Daumenspitzen über ihre aufgerichteten Nippel. Weil ihr das nicht reicht, drücke ich fester zu und ziehe daran.

Ich setze meinen Schwanz an und schiebe ihn langsam in die feuchte Mitte zwischen ihren Beinen. Ich stoße zu. Fest zu. Dann wieder langsam. Ein paar Mal langsam und sanft, einmal schnell und fest. Das wiederhole ich. Immer wieder. Es fühlt sich richtig geil an! Sie *fühlt sich so geil an.*

Ich mache ihre Hände frei. Denn ich will, dass sie mich anfasst, dass sie mich streichelt, dass auch sie meinen Po packt und den Takt vorgibt. Den Takt, der dafür sorgt, dass ich ihren G-Punkt treffe, sie vor Geilheit losschreit und sich ihre Flüssigkeit über mich ergießt.

Dazu nehme ich sie noch ein bisschen höher, bis ihr Becken ganz aufgerichtet ist. Das ist die beste Position, um sie zum Spritzen zu bringen.

„Fest genug, mein Liebes?“, frage ich sie.

Ich weiß genau, dass sie es mag, etwas härter rangenommen zu werden.

Sie stöhnt und fährt mir mit ihren Nägeln über den Rücken. Ich deute das als Zustimmung und vögle sie, bis es passiert! Aus ihr sprudelt ein See heraus und nun darf auch ich mich gehen lassen und mit einem lauten Stöhnen ist es so weit.

Er tippte seine Zeilen recht langsam. Anscheinend beherrschte er das Zehn-Finger-System nicht. Aber das änderte nichts an der Tatsache, dass mir von seiner Geschichte ganz heiß geworden war. Vor allem zwischen meinen Schenkeln. Fast wäre ich versucht gewesen, mich dort zu streicheln.

Stattdessen hatte ich das Glas mit dem Wein geleert. Und auch mein Kopf … der war leer.

Was trieb dieser Mann da mit mir? Wieso machte er mich so an, obwohl ich praktisch nichts über ihn wusste.

Außer seinen sexuellen Vorlieben!

Ob das mit dem G-Punkt stimmte?

Man4you: *Ich habe fertig, Ms. Quickly.*

Ms. Quickly: *Eine sehr anregende Geschichte, David.*

Man4you: *Anregend oder erregend?*

Ms. Quickly: *Hm …*

Man4you: *Gib es zu!*

Ms. Quickly: *Okay. Beides!*

Man4you: *Na, also. Geht es dir gut?*

Ms. Quickly: *Ja.*

Man4you: *Wie lief es mit dem Boss heute?*

Ms. Quickly: *Du schwenkst aber schnell um!*

Man4you: *Wolltest du noch ein wenig spielen???*

Ms. Quickly: *Ähm … nein.*

Man4you: *Lustlos?*

Ms. Quickly: *Cybersexlustlos ;-)*

Man4you: *Du scheinst lange Wörter zu lieben. Wir sollten das demnächst mal ändern.*

Ms. Quickly: *Meine Liebe zu langen Wörtern???*

Man4you: *Lach! Deine Cybersexlustlosigkeit!*

Ms. Quickly: *Wie willst du das anstellen?*

Man4you: *Indem wir uns sehen!*

Poch, poch, poch ..., machte mein Herz, als ich das las.

Ein Teil in mir schrie: Ja!

Ein anderer klammerte sich aus Angst vor der Realität am Notebook fest.

Verliebt in ein Phantom ...

Verliebt? Du spinnst ja!

Ms. Quickly: *Meinst du?*

Man4you: *Plötzlich so schüchtern?*

Ms. Quickly: *Wir könnten damit anfangen, dass du mir noch eine Frage beantwortest. Oder zwei oder so.*

Man4you: *Morgen! Morgen beantworte ich dir deine Fragen.*

Ms. Quickly: *Warum erst morgen?*

Man4you: *Weil morgen der richtige Tag dafür ist.*

Ms. Quickly: *Du lenkst ab.*

Man4you: *Nein! Ich verschiebe nur.*

Ms. Quickly: *Warum?*

Man4you: *Das wirst du dann schon sehen!*

Ms. Quickly: *Was werde ich sehen?*

Man4you: *DAS!*

Ms. Quickly: *Seufz! Ich denke, du lässt dich sowieso nicht von mir bequatschen!!???*

Man4you: *Richtig gedacht! Willst du noch über deinen Tag sprechen?*

Ms. Quickly: *Als Nachspiel sozusagen? ;-)*

Man4you: *Warum nicht? Du könntest mir natürlich auch verraten, ob du das Spiel mit dem G-Punkt kennst.*

Ms. Quickly: *Mein Tag war ganz gut. Ich habe mit meinem Boss gesprochen. Habe ihm so in etwa das gesagt, was du mir gestern geschrieben hattest.*

Man4you: *:-))) So viel zum Thema plötzlicher Umschwung. Wie hat er reagiert?*

Ms. Quickly: *Er schien irritiert zu sein.*

Man4you: *So was kommt vor. Wie seid ihr verblieben?*

Ms. Quickly: *Ich habe ihn gebeten, über meine Worte nachzudenken.*

Man4you: *Gut!*

Ms. Quickly: *Und wie war dein Tag?*

Man4you: *Ziemlich okay.*

Ms. Quickly: *Verrate bloß nicht zu viel.*

Man4you: *Keine Sorge.*

Ms. Quickly: *Pah! Habe ich bei dir garantiert nicht.*

Man4you: *Ich habe meiner Geschichte noch das P.S. hinzuzufügen.*

Ms. Quickly: *Jetzt bin ich aber gespannt!*

Man4you: *Die Frau, die mein Schlafzimmer betreten hat …*

Ms. Quickly: *Ja?*

Man4you: *Sie versteht es gut, sich hinter langen, blonden Haaren und einer Sonnenbrille zu verstecken. Doch ich weiß, dass sie schön ist und warme braune Augen hat.*

Mein Herz raste, als ich das las.

Ms. Quickly: *Wie konntest du hinter der Sonnenbrille die Augenfarbe erkennen?*

Man4you: *Die steht doch in deinem Profil! Gute Nacht, Ms. Quickly.*

Ms. Quickly: *Gute Nacht …*

Damit war er weg und mich überkam ein plötzliches Einsamkeitsgefühl. So, als hätte ich gerade etwas Wertvolles verloren …

Als ich im Bett lag, ließ ich mir das Gespräch mit David noch mal durch den Kopf gehen. Irgendetwas war seltsam gewesen. Nicht seine Geschichte. Die war geil und es war fast, als hätte er *mich* beschrieben. Es war etwas, das danach gekommen war.

Aber was?

Weil mir die Frage keine Ruhe ließ, stand ich auf und holte das Notebook ins Bett. Ich loggte mich bei *Love4You&Me* ein und las den letzten Chatverlauf.

Ms. Quickly: *Wie konntest du dann die Augenfarbe erkennen?*

Man4you: *Die steht doch in deinem Profil! Gute Nacht, Ms. Quickly.*

Ich klickte auf meine Profilbeschreibung. Aber da stand keine Augenfarbe! Woher wusste er sie also? Ich las noch einmal alles durch, was wir uns geschrieben hatten. Davon, dass meine Augen braun waren, war nichts zu sehen. Nirgends!

In meinem Kopf arbeitete es. Wie ein D-Zug ratterte die Frage durch mein Gehirn, wie er darauf kam, dass ich braune Augen hatte.

Gut, so viele Möglichkeiten gab es nicht. Grün, blau, grau und braun. Er hatte geraten, und ins Schwarze getroffen.

Da fiel bei mir der Groschen. Er fiel laut klirrend auf den Boden und ich sprang aus dem Bett.

Nein!

Oh, nein! Oh nein, oh nein, oh nein, oh neiheeeeiiiin!!!

Ich eilte in die Küche, schenkte mir einen Schnaps ein und kippte ihn hinunter.

Das konnte nicht sein, denn das durfte nicht sein! Wenn stimmte, was ich vermutete, war es eine Katastrophe!

Zum wiederholten Male las ich den gesamten Chatverlauf durch und schüttelte entsetzt über das, was ich ihm alles geschrieben hatte, den Kopf.

Aber ich konnte noch so lange die Wörter anstarren und verfluchen, dass ich sie getippt hatte. Allem voran meine erotische Geschichte!

Das Ergebnis blieb dasselbe.

Ich las noch einmal diesen Absatz:

Man4you: *Morgen! Morgen beantworte ich dir deine Fragen.*

Ms. Quickly: *Warum erst morgen?*

Man4you: *Weil morgen der richtige Tag dafür ist.*

Ms. Quickly: *Du lenkst ab.*

Man4you: *Nein! Ich verschiebe nur.*

Ms. Quickly: *Warum?*

Man4you: *Das wirst du dann schon sehen!*

Ms. Quickly: *Was werde ich sehen?*

Man4you: *DAS!*

Es war ganz klar! Morgen hieß, dass sich mir im Büro meine Fragen beantworten würden.

Und etwas anderes war auch klar:

Ich. Habe Sex. Mit meinem Boss gehabt!

9

DOPPELTES ENTSETZEN

O!M!G! War ich aufgeregt! Die halbe Nacht hatte ich wach gelegen und mir alles Mögliche und Unmögliche zusammengereimt.

Ob er es überhaupt gemerkt hatte, dass es seine Mitarbeiterin war, mit der er gechattet hatte. *Haha!*

Wann er es gemerkt hatte.

Wieso er mich nicht darauf angesprochen hatte.

Warum er den erotischen Chat dann trotzdem mit mir weitergeführt hatte.

Ob er darüber gelacht oder sich geärgert hatte, was ich über „meinen Boss“ geschrieben hatte. Hatte er mich deshalb zu sich ins Büro gerufen? Und ich dumme Nuss war ihm mit meinem Vorschlag einer Annäherung zuvorgekommen.

Ob er auch Gefühle für mich hatte …

Nachdem ich den Chat in der Nacht noch dreimal konzentriert gelesen hatte, konnte ich davon ausgehen, dass ich ihm nicht gleichgültig war. Aber: Wer war „Darling“?

Ich überlegte, grübelte, entwickelte Ideen und verwarf sie wieder. Am Ende war ich genauso schlau wie vorher und irgendwann schlief ich ein, um bald darauf aufgeschreckt zu werden, weil mein Wecker klingelte.

Als ich mich im Spiegel anschaute, erschrak ich wegen der Schatten unter den Augen. Andererseits ging von meinem Gesicht so ein Leuchten aus ...

Ich stellte mich unter die Dusche, braute mir zwei starke Espressi und schminkte mich. Heute wollte ich gut aussehen. Aber so richtig gut!

Nachdem ich Wellen in meine Haare gedreht und ein Kleid plus High Heels angezogen hatte, stellte ich mich vor den Spiegel.

Ja, das Ergebnis konnte sich sehen lassen.

Derart aufgebaut machte ich mich auf den Weg ins Büro und – ganz ehrlich – ich war so was von auf-ge-regt!

Ob er mich in sein Büro ruft, mich in die Arme nimmt, mich küsst und sagt: „Endlich"?

~

Mein Herz klopfte so stark, dass ich glaubte, man müsste es im ganzen Gebäude hören. Als ich an Anthony Hansons Büro vorbeiging, sah ich, dass er noch nicht da war.

Gut! Das gibt mir ein wenig Zeit, mich zu beruhigen.

Um mich abzulenken, machte ich mich sofort an die Arbeit. Es gelang mir kaum, meine Aufmerksamkeit auf die Zahlenkolonne des aktuellen Angebots zu konzentrieren.

Ob er sich mir gegenüber nun anders verhält?

Nachdem er sicher ahnte, dass ich mich in ihn verliebt hatte und er ja auch Gefühle für mich hatte, müsste es mit unseren zweihundertzwanzig Prozent doch ab jetzt hervorragend klappen! Seine Vorschläge, wie ich auf meinen Boss zugehen sollte, kamen schließlich vom Boss selbst.

Aus Nervosität begann ich zu kichern.

Wo blieb er nur so lange? Er musste doch genauso aufgeregt sein wie ich!

Ich wandte mich wieder meiner Arbeit zu, aber ich war kein bisschen bei der Sache. Trotzdem zuckte ich zusammen, als mein Telefon klingelte.

„Hanson“, meldete er sich.

Meine Hand zitterte.

„Guten ...“, ich musste mich räuspern, „Guten Morgen“, antwortete ich.

„Kommen Sie bitte in mein Büro!“

Mein Herz rutschte in die Hose. Denn seine Stimme klang barsch wie eh und je.

Hatte ich mich etwa getäuscht? Waren er und David doch nicht ein- und derselbe Mann?

„Haben Sie verstanden?“, setzte er nach.

„Bin gleich da.“

Ich atmete tief durch. Am liebsten wäre ich vor dieser Situation weggelaufen.

Augen auf und durch!

Ich erhob mich und als ich den Flur entlanglief, merkte ich, wie meine Knie zitterten. Wieder hatte ich den Impuls, einfach davonzulaufen.

Es ist doch er! David!, versuchte ich, mich zu beruhigen.

Ich hoffte, dass ich mir die Unfreundlichkeit in seiner Stimme in meiner Aufregung nur eingebildet hatte und betrat sein Büro. Er saß hinter seinem großen Schreibtisch und sah so unfassbar gut aus mit den dunklen Haaren, der gebräunten Haut und den blauen Augen, aus denen er mir einen Blick zuwarf, bei dem mir fast das Herz stehen blieb. Denn sein Blick war so kalt wie noch nie.

Das Lächeln auf meinen Lippen gefror.

„Nehmen Sie Platz“, sagte er kühl.

Ich setzte mich vor seinen Schreibtisch und schluckte schwer.

Bin ich im falschen Film?

„Als ich hier als CEO anfing, bekam ich von oben Order, Ihnen Feuer unterm Hintern zu machen. Mein Vorgänger hatte das offenbar versäumt."

Seine Worte trafen mich wie eine Keule. Ich klammerte mich an der Sitzfläche des Stuhles fest, um nicht umzukippen.

„Auf hundert Angebote folgen im Schnitt nur fünf Aufträge. Dreißig Prozent sind das Soll! Aber das wissen Sie ja", stieß er hervor.

Ja, das wusste ich. Und ich wusste auch, dass hier gerade etwas ganz schön schräg lief.

„Wenn mehr Aufträge reinkommen sollen, muss man eben noch jemanden einstellen."

Kaum hatte ich den Satz ausgesprochen, wusste ich auch schon, wie dumm er war, denn Hanson sah mich an, als hätte ich sie nicht mehr alle.

„Nein, ich muss jemanden entlassen", presste er hervor.

Ich spürte, wie mein Gesicht unter seinem Blick heiß wurde.

„Das bedeutet?", flüsterte ich.

„Ihr Jahresvertrag läuft Ende nächster Woche aus. Wir werden ihn nicht verlängern."

Mir wurde schwarz vor Augen.

„Nicht ... verlängern?", echote ich.

„Richtig, Ms. Martin. Heute ... heute ist Ihr letzter Arbeitstag bei uns. Sie können auf der Stelle Ihre Sachen packen und gehen. Sie sind offiziell freigestellt."

„Ja ... aber ...", stammelte ich. „Einfach so?"

„Ich habe Sie oft genug ermahnt!", sagte er kalt und wandte seinen Blick dem Computer vor sich zu.

Da erhob ich mich von meinem Stuhl und schlich mit hängendem Kopf nach draußen.

„Anthony Hanson!“

Ich spuckte seinen Namen aus, als wäre er etwas Ekelerregendes.

„Dieser Dreckskerl!“, bestätigte Jessy.

„Und ich denke noch, ich kann in dieser beschissenen Firma nicht aufhören, weil sie ohne mich untergeht.“

Ich lachte auf. Es hörte sich bitter an.

„Die haben jemanden, der so pflichtbewusst und fleißig ist wie du, doch gar nicht verdient!“

Wie in Trance hatte ich heute Vormittag meine paar Sachen zusammengepackt und war nach Hause gefahren. Dort hatte ich mich zuerst einmal ins Bett gelegt. Dank der halb durchwachten Nacht hatte ich schlafen können. Als ich die Augen aufschlug, holte mich die Erinnerung an den Vormittag ein. Seitdem fühlte ich mich wie benebelt. Als Jessy angerufen und gefragt hatte, ob wir uns auf einen Drink treffen sollten, hatte ich sofort zugesagt. Ich musste von zu Hause weg, sonst würde ich durchdrehen!

Nun saß ich mit ihr in unserer Freitagsbar und hatte schon drei Gläser Weißwein getrunken, obwohl ich mir ab sofort keine unnützen Geldausgaben mehr leisten konnte, denn ich war arbeitslos.

Ich spürte, wie Tränen in mir hochstiegen. Aber es waren keine Tränen der Trauer, sondern des Zorns!

Beim ersten Glas hatte ich ihr erzählt, wie Bad Tony mit mir umgesprungen war. Beim zweiten hatte ich ihr den Chat mit David geschildert. Beim dritten hatten wir darüber diskutiert, wer David nun wirklich war.

„Warum loggst du dich nicht einfach ein und siehst nach, ob er dir geschrieben hat. Er wollte doch heute mit dir sprechen und dir deine Fragen beantworten", sagte sie.

„Wie denn? Du weißt, dass ich nur ein altertümliches Handy besitze. Das Notebook, das ich immer benutzt habe, gehört der Firma.

„Erstens wirst du dir jetzt ein Smartphone kaufen", befahl sie.

„Und womit? So was ist nicht drin, so lange ich keinen Job habe!"

„Zweitens kannst du meins benutzen."

Sie fischte es aus ihrer Tasche und drückte auf ein paar Tasten herum.

„Wie ist dein Passwort?", fragte sie.

„Ähm ...", machte ich.

„Jetzt sag schon! Ich bin doch deine Freundin!"

Ich schluckte. Es war mir zu peinlich.

„Los!"

„Bad Unterstrich Boss Unterstrich Love."

Sie kicherte und tippte. Dann drückte sie mir ihr Smartphone in die Hand.

Ich checkte meinen Posteingang.

„Und? Hat er geschrieben?"

„Moment. Es sind einige Nachrichten angekommen. Aber ... warte ... keine von David."

Meine Mundwinkel fielen nach unten. Ein paar Tränen stiegen hoch.

„Ich hätte jetzt so dringend eine gute Nachricht gebraucht!"

Jessy nahm mich in den Arm.

„Dann schreibe du ihm!", sagte sie.

Mein Inneres wehrte sich mit Händen und Füßen dagegen.

„Und wenn er *doch* Bad Tony ist?“

Sie zuckte mit den Schultern.

„Was hast du denn noch zu verlieren?“

„Meinen Stolz?“

„Pfeif drauf! Schreib ihm!“

Ich klickte auf sein Profil. Mir wurde ganz heiß.

„Profil existiert nicht“, flüsterte ich.

10

TRÄNEN UND EIN KUSS

Ich hatte mir die Tränen abgewischt, meine Nase geputzt und noch einen Wein bestellt, denn ich musste meine Gefühle betäuben.

Sonst würde ich hier auf der Stelle anfangen, richtig zu heulen, und darauf legte ich echt keinen Wert.

„Das wird wieder!“, versuchte Jessy, mich zu trösten.

„Was, bitte schön, soll da wieder werden?“, blaffte ich sie an, um mich eine Sekunde später bei ihr zu entschuldigen.

„Schon gut!“, antwortete sie und drückte meine Hand.

Sie hob ihr Glas, um mir zuzuprosten.

„Auf bessere Zeiten“, sagte sie.

„Kann ich mich nicht ein Stück in die Zukunft beamen? Dorthin, wo ich eine Arbeit habe, die mir gefällt, und einen Mann, der mich liebt? Es muss doch möglich sein, auch mal ein wenig Glück zu haben!?“

„Wem sagst du das?“, stimmte sie mir zu. „Mir ging es mit meinen Dates bisher ja nicht besser als dir. Die guten Kerle kriegen immer die anderen.“

Sie senkte ihre Stimme, bevor sie weitersprach.

„Dreh dich nicht um. Am Tisch hinter dir sitzt auch so einer. Sieht wahnsinnig gut aus, ist aber besetzt."

„Ach, der ist mir egal, wenn er eh schon eine hat. Man kennt das doch ... Männer sind wie Toiletten: Besetzt oder beschissen. Und manche sind eben beides. Cheers!"

Ich nahm mein Glas, trank einen Schluck und als ich es mit Wucht auf dem Tisch abstellte, merkte ich, dass ich langsam genug Alkohol hatte.

„Noch etwas Eis, bitte", sagte jemand hinter mir.

„Jetzt höre ich schon Stimmen. Und weißt du, was das Schlimmste ist, Jessy?"

Sie schüttelte den Kopf.

„Die Stimme hört sich genauso an wie die von Bad Tony!", motzte ich. „Heute Nacht werde ich garantiert Albträume von dem Kerl haben!"

Ich erhob mich von meinem Stuhl.

„Wo gehst du hin?", fragte Jessy.

„Bin gleich wieder da."

Auf dem Weg zur Toilette musste ich mich konzentrieren, dass ich die beiden Stufen, die nach unten führten, nicht übersah.

Rebecca, du hast echt genug getrunken!

Ich würde den restlichen Wein stehen lassen, nach Hause laufen, mich ins Bett verkriechen und nie, nie, nie mehr aufstehen! Doch bei dem Gedanken, in meiner Wohnung alleine zu sein, packte mich sofort die Angst vor den Gefühlen, die mich überfallen würden, sobald ich die Tür hinter mir geschlossen hatte.

Tja, liebe Rebecca ... Du hast heute gleich drei Mal

verloren: deinen Job, Bad Tony und auch noch David. Und weit und breit keine Rettung in Sicht!

Bevor ich mich weiter in Selbstmitleid erging, ließ ich mir eiskaltes Wasser über die Hände und Arme laufen, um wieder etwas munterer zu werden.

Seufzend wandte ich mich von meinem Spiegelbild ab und lief mit hängendem Kopf zu unserem Tisch zurück.

Da hörte ich eine Frau laut lachen. Ich schaute auf und direkt der Blonden vom Samstagabend ins Gesicht!

Es war, als würde ein Blitz durch mich hindurchsausen, denn neben ihr saß mein Ex-Boss Anthony Hanson und lachte ebenfalls lauthals.

Als ich ihn sah, packte mich die kalte Wut. Während ich alles verloren hatte und nicht wusste, wie es mit meinem Leben weitergehen sollte, machte er sich mit seinem Darling einen vergnügten Abend. Womöglich lachten sie gerade über seinen gelungenen Schachzug, mich aus der Firma zu werfen!

Ohne jegliche Kontrolle griff ich nach meinem noch fast vollen Glas, registrierte, dass Jessy mich erstaunt ansah, und schüttete Bad Tony den Wein ins Gesicht.

~

Dann geschah alles gleichzeitig. Mein Ex-Boss sprang auf und herrschte mich an, was ich da machte. Die Bedienung kam mit der bestellten Flasche Wein und drückte ihm eine große Stoffserviette in die Hand. Jessy stand hinter mir und fragte, was in mich gefahren sei. Aber die erstaunlichste Reaktion kam von der schönen Blonden. Sie lachte.

Sie erhob sich von ihrem Platz, lachte lauthals und wollte sich gar nicht mehr beruhigen.

Hanson sah sie genauso verwundert an wie ich.

„Ist sie das?", fragte die Blonde und zeigte auf mich.

Er schüttelte den Kopf.

„Jetzt gib es schon zu!", forderte sie ihn auf und boxte ihm leicht auf die Brust. „Ich sehe es dir doch an der Nasenspitze an. Du kannst nicht immer vor deinen Gefühlen fliehen. Schnapp sie dir, du blöder Kerl!"

Ich sah irritiert von ihr zu ihm. Seine Augen schickten Blitze in ihre Richtung. Doch sie ignorierte das als sei sie es gewohnt.

„Darf ich mich vorstellen?", fragte sie mich. „Bianca, die Schwester des Mannes, der es vorzieht, vor Frauen, in die er sich verliebt hat, wegzulaufen."

Dann lachte sie wieder.

„Jetzt nimm sie doch endlich in den Arm!", sagte sie und gab Bad Tony einen Schubs in meine Richtung.

Bevor ich wirklich realisieren konnte, was passierte, stand er vor mir und sah mich schuldbewusst an. Einen Moment später riss er mich in seine Arme und dann ... küsste er mich!

Ich bekam mit, dass die Leute um uns herum klatschten und johlten. Und irgendwie bekam ich es auch wieder nicht mit. Denn ich war weggebeamt. So, wie ich es mir vorhin gewünscht hatte. Aber nicht in die ferne Zukunft, sondern nur ein paar Minuten weiter und das, was ich dort erlebte, fühlte sich unglaublich wundervoll an.

Anthony Hanson küsste mich! Mit Lippen, die so weich waren, und einer Intensität, wie ich sie bisher nicht gekannt hatte. Es war, als würden seine Gefühle über ihn hereinbrechen und ihm keine andere Wahl lassen, als mich festzuhalten. So fest, als würde er mich nie mehr wieder loslassen wollen.

Ich seufzte.

Passierte das gerade wirklich?

Oder träumte ich das alles nur?

Bei diesem Gedanken wurde mein Verstand wach und ich erinnerte mich, wie beschissen er mich behandelt hatte. Im selben Augenblick stieg Zorn in mir hoch und ich fragte mich, ob ich eigentlich noch bei Sinnen war.

Ein Kuss für mich, nur weil seine Schwester ihn praktisch auf mich drauf geschubst hatte?

Mit einem Schlag war ich nüchtern! Ich nahm meine Hände aus seinem Nacken und stieß ihn von mir weg.

Sofort ließ er los. Er sah mich so erstaunt an, als würde er sich über das, was er gerade getan hatte, mindestens genauso wundern wie darüber, dass ich mich gegen seine Umarmung wehrte.

Er räusperte sich und trat einen Schritt zurück.

„Ms. Martin!", sagte er förmlich und wischte sich über den Mund.

„Du Arsch!"

Wie ferngesteuert hob ich meine Hand. Einen Moment später hatte ich sie ihm auf die Wange geknallt.

Erschrocken sah ich ihn an. Dann drehte ich mich um und lief davon.

Ich hörte, dass Hanson mir etwas nachrief, aber ich verstand es nicht, denn ich hatte nur ein Ziel: Weg von diesem schrecklichen Kerl! Raus aus dem Lokal!

Ich rannte, als ginge es um mein Leben, und ich spürte, wie mein Gesicht vor Scham ganz heiß wurde.

So ein feiges Arschloch!

Das war alles, was ich denken konnte.

In den Tagen nach dieser Schmach hatte ich nichts anderes getan, als mich bei Firmen zu bewerben. Zuerst saß ich von morgens bis abends in einem Internet-Café. Dann tauchte Jessy mit einem alten Notebook bei mir auf, das sie bei Bekannten für mich aufgetrieben hatte und für das ich nur ein paar Dollar ausgeben musste. Einen Drucker gab es obendrein.

So war ich wenigstens unabhängig.

Ich kniete mich voll rein in die Jobsuche, denn ich hatte ja nichts anderes zu tun. Die restliche Zeit des Tages und vor allem abends verdrängte ich das, was ich erlebt hatte. Es war einfach zu peinlich und schmerzhaft.

Immer schön nach vorne schauen, redete ich mir ständig zu.

Aber es machte mir keinen Spaß, nach vorne zu schauen. Im schlimmsten Fall würde es Monate dauern, bis ich einen akzeptablen Job fand.

Und du hast gedacht, die Firma geht ohne dich unter!

Wie man sich doch täuschen konnte.

Ich überlegte sogar, ob ich von Chicago wegziehen sollte. Aber diesen Gedanken verwarf ich wieder. Hier würde ich viel eher etwas finden als in der Kleinstadt in Wisconsin, aus der ich kam.

„Ich kann dir notfalls ein bisschen Geld leihen", meinte Jessy.

„Kommt nicht infrage. Da suche ich mir lieber eine Stelle als Putzfrau."

Manchmal konnte ich es nicht verhindern, dass mich die Gedanken an Hanson alias David überfielen. Dann fragte ich mich, welche Meise er hatte, dass er vor Frauen flüchtete, in die er sich verliebt hatte.

Ich überlegte, was wohl passieren würde, wenn ich einfach im Büro aufkreuzen oder jeden Abend in der Freitagsbar sitzen würde, um ihm aufzulauern.

Wie er sich dann wohl verhalten würde?

Rauswerfen aus dem Büro, ignorieren in der Bar!

An dieser Stelle angelangt, wurde ich wieder wütend. Auf ihn und auf mich selbst. Ich hatte mich bereits vor aller Welt zum Deppen gemacht. Eine Fortsetzung war nicht nötig.

Trotzdem vermisste ich ihn!

Ich hätte sogar einen kühlen Blick aus seinen blauen Augen in Kauf genommen und für einen Chat mit David hätte ich alles getan.

Also fast alles ...

„Es wird ein anderer kommen“, sagte Jessy.

„Ich will gar keinen mehr!“, antwortete ich.

„Chatte doch wieder. Schau, es gibt auch gute Männer.“

Sie sprach aus Erfahrung. Denn kurz nach ihrer Pleite mit dem verheirateten Vater hatte sie einen kennengelernt, mit dem sie sich wunderbar verstand und der ihr sofort seine ganzen Kontaktdaten gegeben hatte, weil auch er schon schlechte Erfahrungen mit Fakes gemacht hatte.

Doch ich wollte nicht.

So verging Tag um Tag. Ich hatte mehrere Vorstellungsgespräche, aber noch keine Zusage. Ich wusste, dass es bei einer verantwortungsvollen Position wie meiner einfach seine Zeit dauerte, bis man die einzelnen Bewerbungsstufen durchlaufen hatte.

Sobald einer der Personalleute bei Hanson anruft, werden sie mich sowieso nicht nehmen.

Und dann passierte etwas, mit dem ich selbst im Traum niemals gerechnet hätte ...

11

ÜBERRASCHENDES GESTÄNDNIS

Wie jeden Tag, hatte ich auch heute geschaut, welche Stellenangebote es für mich gab. Inzwischen war ich schon so zermürbt, dass ich selbst den allereinfachsten Job angenommen hätte.

Hauptsache, nicht mehr zu Hause sitzen und Gefühle verjagen …

Ich wollte raus, wollte mit anderen Leuten zusammen sein, wollte eine Aufgabe haben und etwas tun!

Um mich von der Sucherei und der Enttäuschung abzulenken, zog ich am Nachmittag meinen Bikini an und ein Strandkleid darüber, holte mein Fahrrad aus der Tiefgarage und fuhr quer durch die Stadt zum See.

Es war typisches Chicago-Wetter mit einem blauen Himmel, Sonnenschein und viel Wärme. Vom Lincoln Park aus fuhr ich zum North Avenue Beach, das war der größte und schönste Strand in der Nähe, und stellte mein Fahrrad ab.

Es waren ziemlich viele Leute da, aber ich lief vor bis zur Spitze, von wo aus man einen fantastischen Blick auf die Skyline zur einen und den See zur anderen Seite hatte.

Nachdem ich mich eine Weile auf meinem Handtuch ausgestreckt hatte, setzte ich mich auf und beobachtete die Leute, die mit ihren Kühltaschen ankamen, um die letzten Sonnenstrahlen des Tages zu genießen. Sie rammten ihre Sonnenschirme in den Sand, cremten ihre Kinder ein und schickten sie vor ans Wasser, um eine Sandburg zu bauen. Manche stürzten sich gleich in die Fluten, andere legten sich in die Sonne. In der Nähe spielten ein paar Leute Beach Volleyball. Es war laut und umtriebig um mich herum und das lenkte mich eine Weile von meinem Kummer ab.

Bis ein dunkelhaariger Mann mit einer blonden Frau im Arm von der Seite her in meine Richtung lief und ich dachte, mein Herz würde stehen bleiben. Schnell setzte ich Hut und Brille auf, damit er mich nicht erkannte.

Ich hielt meinen Kindle hoch, um mich dahinter zu verstecken, was bei der Größe des Readers natürlich vergebliche Liebesmüh war. Aber es fühlte sich trotzdem besser an, auch wenn meine Hände zitterten.

Die beiden blieben nur drei oder vier Meter neben mir stehen. Er ließ die Strandtasche in den Sand fallen und sie breitete eine Decke aus.

Ich versuchte, so unauffällig wie möglich hinzuschauen. In dem Moment drehte er seinen Kopf und sah voll in meine Richtung.

Enttäuscht ließ ich den Reader sinken. Der Typ war ein Fremder, der Hanson nicht einmal ähnlich sah.

~

Kurz, bevor es dunkel wurde, schwang ich mich auf den Sattel und radelte zurück. Ich trat ziemlich fest in die Pedale, um mich von dem Wirrwarr in meinem Kopf zu befreien. Erst, als ich um ein Haar einen unachtsamen Fußgänger rammte und er mir böse hinterherbrüllte, machte ich langsamer.

So kann es nicht weitergehen, Rebecca! Du musst etwas ändern!

Aber was? Ich hatte mich unter den Leuten am Strand so was von einsam gefühlt. Alle hatten jemanden dabei, Freunde, Familie, Kinder, nur ich nicht. Seit Tagen war ich praktisch rund um die Uhr alleine. Weil Jessy glücklich verliebt war und ständig mit ihrem neuen Freund zusammen sein wollte, war mit ihr nicht mehr viel anzufangen.

Ich werde mir einen Übergangsjob und ein paar Leute suchen müssen, mit denen ich etwas unternehmen kann!

Es musste ja nicht immer gleich ein Mann sein. Ein oder zwei Freundinnen zu haben, mit denen ich ins Kino, an den Strand oder ausgehen könnte, wäre auch schön.

Von diesem Gedanken beflügelt, schob ich mein Rad in die Tiefgarage, lief hoch in meine Wohnung, ging in die Küche, um mir ein Glas Wasser einzuschenken, und schaltete das Notebook ein, das wie immer auf dem Tisch stand.

Ich erinnerte mich, dass es von *Love4You&Me* einen Ableger gab, bei dem man Leute für Unternehmungen in der Umbegung finden konnte.

Mit einem wehmütigen Gefühl loggte ich mich ein, um zu schauen, ob ich mein Profil einfach in das andere Forum rüberziehen konnte.

Aus alter Gewohnheit drückte ich auf das Feld „Nachrichten“, obwohl ich nicht damit rechnete, dort etwas Vernünftiges zu finden. Als ich sah, wie viele und vor allem von wem ich welche bekommen hatte, glaubte ich zuerst an eine Fata Morgana wie vorhin am Strand.

Ich klickte die Erste an ...

~

10. Juni, 11.33 PM

Man4you: *Hallo Miss Quickly, ich kann nicht damit rechnen, dass du mir antworten wirst. Aber ich will, dass du weißt, wie leid es mir tut.*

David

Ich rieb mir die Augen.

Was war das?

Er hatte doch sein Profil gelöscht gehabt. Oder war es nur stillgelegt und er hatte es wieder aktiviert?

11. Juni, 7.13 AM

Man4you: *Ich habe eine schlaflose Nacht hinter mir. Der Grund dafür bist du. Nein, das stimmt nicht. Der Grund sind die Erinnerungen, die durch dich wieder da sind.*

11. Juni, 9.56 PM

Man4you: *Okay, ich gebe es zu: Ich habe mich dir gegenüber ziemlich beschissen verhalten. Gute Nacht!*

12. Juni, 6.45 AM

Man4you: *Guten Morgen, Ms. Quickly, ich habe eine weitere Nacht voller quälender Gedanken und Gefühle hinter mir. Du wirst meine Nachrichten nicht lesen, das ist mir klar. Du hast allen Grund dazu. Deshalb werde ich trotzdem nicht aufhören, dir zu schreiben.*

David

12. Juni, 8.17 PM

Man4you: *Liebe Ms. Quickly, ich wusste bisher nicht, dass ich so ein sentimentaler Hund bin, aber jetzt bin ich tatsächlich on gegangen, um dich zu treffen. Verrückt, oder?*

Wie geht es dir? Ich hoffe, du hast dich von unserer Begegnung der seltsamen Art ein wenig erholt. Und ich hoffe auch, dass du schon einen neuen Job gefunden hast.

David

Ach, was!

Anthony heiße ich und das weißt du ganz genau!

Nein, jetzt erst weiß ich es ganz genau!

Ich las weiter ...

13. Juni, 1.03 AM

Man4you: *Weißt du was, Ms. Quickly? Ich bin kein sentimentaler, sondern ein dummer Hund!*

Schlaf schön!

Anthony

13. Juni, 2.44 AM

Man4you: *Verdammt! Ich kann nicht schlafen. Die Bilder der Vergangenheit lassen mich nicht zur Ruhe kommen. Dass ich mich dir gegenüber wie ein Idiot verhalten habe, macht es auch nicht besser. Vielleicht hilft es mir, reinen Tisch zu machen. Selbst dann, wenn ich nur Makulatur schreibe. Du erinnerst dich, als ich das letzte Mal dieses Wort gebraucht hatte, war es eine Aktennotiz von dir, die ich zerrissen habe.*

Entschuldige!

Ja, und wo bleibt der reine Tisch? Wieso nur diese Andeutung?

Schnell klickte ich die nächste Nachricht an.

14. Juni, 10.25 AM

Man4you: *Ich denke zu den unmöglichsten Zeiten an dich. Jetzt zum Beispiel. Ich habe gleich einen Termin mit TLT International. Die Herren wollten dich dabeihaben. Ms. M. arbeitet hier nicht mehr, habe ich ihnen geantwortet. Sie wollten wissen, warum. Als ginge die das etwas an!*

14. Juni, 2.38 PM

Man4you: *Noch mal gut gegangen! Wahrscheinlich würdest du lachen, wenn du wüsstest, dass ich die TLT-Leute wieder in eines der teuersten Restaurants Chicagos eingeladen habe, um sie zu besänftigen.*

Warum, das weißt du am besten, Ms. Quickly ;-)

Aber … es hat funktioniert.

14. Juni, 0.19 AM

Man4you: *Ms. Quickly, du gehst mir einfach nicht aus*

dem Kopf! Ach, weißt du … Du kannst ja nichts dafür, dass ich ein Arsch bin. Aber sind wir nicht alle aufgrund unserer Vergangenheit so, wie wir sind?

Es war vor drei Jahren und fünf Monaten, dass sie bei mir anfing. Sie war blond, sehr hübsch, dein Alter, deine Größe, überhaupt sah sie dir ein wenig ähnlich.

Ich hatte mein eigenes Unternehmen damals. Es lief gut. Auch, wenn ich alles auf meine Art gemacht habe, Ms. M.! Es lief trotzdem.

Und dann verliebte ich mich in Sheila. Und sie sich in mich. Das dachte ich zumindest.

Ich glaube, ich gehe jetzt besser schlafen. Habe eine Flasche Wein getrunken und kann nicht mehr denken.

Gute Nacht, Liebes …

Ich hielt inne, atmete tief durch und konnte nicht glauben, was ich da las. David-Anthony hatte mir die ganze Zeit über weitergeschrieben, ohne eine Antwort zu bekommen. Er hatte die Verbindung zu mir aufrechterhalten, ohne dass ich einen blassen Schimmer davon hatte.

Schnell klickte ich weiter, um endlich zu erfahren, was mit ihm los war.

16. Juni, 19.43 PM

Man4you: *Solltest du diese Nachrichten jemals öffnen und lesen, bitte ich um Entschuldigung. Für das, was ich dir geschrieben habe und vor allem für die Tatsache, dass ich dich aus der Firma geworfen habe.*

Ich hoffe, es geht dir gut und du hast längst einen neuen Job.

Gruß, David

Und immer wieder lockt er mich, um kurz darauf den Rückzug anzutreten! Bad Tony, du bist und bleibst ein Arsch!

Ich ignorierte seine weiteren Nachrichten, loggte mich aus und klappte das Notebook zu.

Du kannst mich mal!

12

BAD BOSS DATING

Mitten in der Nacht erwachte ich mit dem Gefühl, etwas sehr Wichtiges vergessen zu haben. Ich stand auf, um mir ein Glas Wasser zu holen. Aber als ich mich wieder hinlegte, konnte ich nicht einschlafen.

Die Nachrichten von Anthony Hanson gingen mir durch den Kopf.

Vielleicht hatte er sich einfach nicht getraut, sofort „reinen Tisch“ zu machen? Was auch immer er damit meinte. Immerhin schrieb er ja ins Leere hinein, weil er nicht wusste, ob ich seine Nachrichten jemals lesen würde. Und womöglich war er jemand, der mehrere Anläufe brauchte, bis er endlich zur Sache kam? Jedenfalls dann, wenn es um seine Gefühle ging.

Seufzend stand ich wieder auf, ging in die Küche und schaltete das Notebook ein. Kurz darauf war ich im Singleforum und las.

18. Juni 4.08 AM

Man4you: *Hallo Ms. Quickly ... Ich habe es zumindest zwei Tage lang versucht, dich aus meinem Kopf zu kriegen. Aber du willst nicht weichen. Was ist das? Voodoo? Hexerei?*

Ich verliebte mich also in meine Assistentin und Buchhalterin Sheila. Die erste Zeit lief alles gut. Ich war glücklich mit ihr. Aber irgendwann habe ich gemerkt, dass etwas nicht stimmte. Ich arbeitete so viel wie noch nie und machte dennoch so wenig Gewinn wie noch nie. Als ich mit ihr darüber sprach, schob sie es auf die hohen Ausgaben, die wir hätten. Ich akzeptierte das, denn ich war blind vor Liebe. Bis zu dem Tag, an dem sie verschwand und ich feststellte, dass sie meine Firma bestohlen und dadurch so schwer geschädigt hatte, dass ich pleite war. Das war der schwärzeste Tag meines Lebens und ich schwor mir: Nie mehr Liebe am Arbeitsplatz, nie mehr Vertrauen in eine Frau.

19. Juni, 3.16 PM

Man4you: *Ms. Quickly, ich sitze im Büro und kann mich nicht konzentrieren. Dein Nachfolger arbeitet gut, aber viel zu oberflächlich. Er vergisst die Hälfte! Ich wünschte, du würdest an seiner Stelle hier sitzen.*

Anthony

19. Juni, 8.21 PM

Man4you: *Sheila ist nie mehr wieder aufgetaucht. Das Geld natürlich auch nicht. Ich musste mir einen neuen Job suchen und noch eine zweite Arbeit für abends und das Wochenende, um meine Schulden zu bezahlen. Die nächsten zweieinhalb Jahre waren sehr hart für mich. Ich arbeitete quasi rund um die Uhr und hatte einen Hass auf alle Frauen. Aber vor allem auf mich, weil ich so dumm gewesen war, nicht zu merken, welches falsche Spiel Sheila mit mir getrieben hatte.*

Als ich in deine Firma wechselte, war alles längst bereinigt.

20. Juni, 7.36 PM

Man4you: *In der neuen Firma traf ich auf dich, Ms Quickly. Ich fand dich niedlich in deiner Bemühung, alles richtig zu machen. (Entschuldige!) Du warst so hübsch anzusehen in deinen Kleidchen. Schon am ersten Tag hast du mir den Kopf verdreht! Aber du hast mich auch unendlich genervt mit deiner Pingeligkeit und deinen ewigen Bedenken. (Entschuldige!) Doch das machte es mir leichter, mir dich aus dem Kopf zu schlagen. Denn ich hatte mir geschworen: Nie mehr Liebe am Arbeitsplatz!*

Ich muss gestehen, dass es mir erst durch ein „nettes" Gespräch mit meiner lieben Schwester bewusst geworden ist, dass ich die Erfahrung mit Sheila auf dich projiziert habe. Dass ich Frauen noch immer hasste, war mir nicht bewusst. Bianca hat mir ordentlich den Kopf gewaschen.

Jetzt geht es mir besser ;-))

Anthony

20. Juni, 11.57 PM

Man4you: *Liebe Rebecca, ich entschuldige mich noch einmal in aller Form dafür, dass ich dich aufgrund meiner Erlebnisse mit einer anderen Frau schlecht behandelt habe. Ich entschuldige mich zudem für die Kündigung. Die wäre nicht nötig gewesen, wenn mir das alles bewusst gewesen wäre. Du hast deine Arbeit sehr ordentlich gemacht und das habe ich auch heute Mr. Baker, dem Personalchef von*

CTWL Solutions gesagt. Die Chancen, dass er dich einstellen wird, stehen sehr gut.

Anthony

Ich seufzte, als ich das las. Zum ersten Mal verstand ich sein seltsames Verhalten mir gegenüber. Ich konnte es sogar nachvollziehen. Dass ich das beschissene Verhalten seiner Ex allerdings ausbaden musste … Nun ja, er hatte sich dafür entschuldigt.

Den Tritt hätte Bianca ihm schon längst geben können!

Dann realisierte ich, dass ich womöglich bald einen neuen Job haben würde.

Trotzdem war ich nicht froh, als ich das Notebook ausschaltete.

Denn der Nachricht vom 20. Juni war keine weitere gefolgt und heute war schon der fünfundzwanzigste …

Mit hängendem Kopf schlich ich mich ins Bett.

~

Als ich am nächsten Morgen aufwachte und mich an den Chat erinnerte, war ich glücklich und traurig zugleich. Glücklich, weil er mir geschrieben und alles erklärt hatte und traurig, weil seine letzte Nachricht schon fünf Tage her war.

Würde noch etwas von ihm kommen?

Wartete er darauf, dass *ich* reagierte?

Hatte er schon gesehen, dass ich alle Nachrichten gelesen hatte?

Ich spielte gedanklich mehrere Möglichkeiten durch, wie ich reagieren könnte. Aber eine erschien mir hirnrissiger als die andere.

Deshalb stand ich erst einmal auf, braute mir einen Espresso und setzte mich mit der Tasse an den Tisch.

Das Notebook stand vor meiner Nase. Es war, als würde es rufen: „Komm, öffne mich!"

Also klappte ich es auf und loggte mich bei *Love4You&Me* ein. Ich öffnete die Nachrichten von Anthony und las sie noch einmal alle durch. Dieses Mal akzeptierte ich, dass mein Herz schneller schlug, als ich an die Stelle kam, an der er geschrieben hatte, dass ich ihm den Kopf verdreht hätte.

Okay, dachte ich. *Wenn du mir nicht mehr schreibst, werde ich es eben tun.*

Ms. Quickly: *Alles gelesen. Für gut befunden. Dein Ball!*

Dann klappte ich das Notebook zu und ging ins Badezimmer.

Im Laufe des Tages loggte ich mich immer wieder ins Singleforum ein. Doch jedes Mal stellte ich enttäuscht fest, dass er weder die Nachricht gelesen noch mir geantwortet hatte.

Frustriert schaltete ich es am Nachmittag aus und nahm mir vor, es für heute links liegen zu lassen.

Immer wieder ärgerst du mich mit deiner Wankelmütigkeit, Bad Tony!

Ich war gerade dabei, die Waschmaschine zu füllen, als

mein Telefon klingelte. Sofort ging mein Pulsschlag nach oben. Auf dem Display war eine fremde Nummer.

„Rebecca Martin", meldete ich mich.

„Ms. Miller, CTWL Solutions. Wir möchten Sie gerne zu einem letzten Gespräch einladen. Es ist ein wenig kurzfristig. Aber können Sie das heute noch einrichten?"

„Ja, sehr gerne", antwortete ich.

Ich hatte nichts vor und selbst, wenn … Mit diesem Job würde ich einen Karrieresprung nach oben machen und abgesehen davon war er viel besser bezahlt als mein alter. Dafür hätte ich jede andere Verabredung abgesagt.

„Dann erwarten wir Sie um neunzehn Uhr zu einem zwanglosen Abendessen im Via Carducci in Wicker Park. Der Kellner wird Sie an den entsprechenden Tisch führen."

„Danke, ich freue mich."

Ich legte auf und stieß einen Jauchzer aus.

Wenn *das* klappen würde! Das wäre so was von genial!

Ich sah auf die Uhr. Kurz nach fünf. Da hatte ich noch genug Zeit, zu duschen und die Haare zu waschen, damit ich einen ordentlichen Eindruck machte, wenn ich mich mit den Leuten von CTWL Solutions traf.

Ein Lied vor mich hinträllernd, ging ich ins Badezimmer.

~

Um zwanzig vor sieben machte ich mich zu Fuß auf den Weg, denn das Restaurant war in der Nähe meiner Wohnung. Ich trug ein schlichtes blaues Kleid mit einem Blazer und ein paar halbhohe Schuhe dazu. Mein Make-up war dezent und die Haare hatte ich in Locken gedreht.

Mir war ziemlich mulmig zumute. Wenn ich beim

Gespräch einen Fehler machen würde, wäre ich raus aus dem Spiel und müsste weiter Bewerbungen schreiben.

Entspann dich! Es wird schon gut gehen.

Acht Minuten vor sieben Uhr straffte ich meine Schultern und betrat das gemütliche italienische Restaurant mit den dunklen Holzmöbeln. Ich kannte es, weil ich vor ein paar Wochen mit Jessy hier gewesen war, um Nudeln zu essen.

Einer der Kellner kam auf mich zugeeilt und fragte, wie er mir helfen könnte.

„Ich habe eine Verabredung mit Leuten von CTWL Solutions. Ist schon jemand da?"

„Natürlich, Signorina", antwortete er.

Er ging mir voraus durch das Restaurant und führte mich zum Tisch, an dem der Personalchef, Mr. Baker, bereits saß und wartete. Seltsamerweise war er allein!

Der wird mir doch kein unmoralisches Angebot machen wollen?

„Bitte schön, Signorina."

Mr. Baker sprang auf, als er mich sah und reichte mir die Hand.

„Ich freue mich, Sie zu sehen, Ms. Martin", begrüßte er mich mit einem freundlichen Lächeln.

Ich grüßte genauso freundlich zurück.

„Bitte nehmen Sie doch Platz", sagte er und zeigte auf den Stuhl gegenüber.

Es lag mir auf der Zunge, ihn zu fragen, wo denn die anderen seien. Aber dann fiel mir ein, dass ich ja zu früh dran war und schwieg.

Jetzt bloß nichts Falsches sagen.

Während ich mich setzte, fragte er: „Was möchten Sie trinken? Wasser? Wein? Ein Glas Prosecco vorweg?"

Ich schüttelte den Kopf. Solange ich mit ihm alleine hier saß, würde ich keinen Tropfen Alkohol anrühren.

„Danke, kein Alkohol. Ein Wasser bitte."

Der Kellner kam und reichte uns die Speisekarten. Mr. Baker bestellte eine große Flasche Wasser.

„Den Rest bitte erst später", sagte er und schob seine Speisekarte beiseite.

Dann wandte er sich wieder mir zu und während er mich aufmerksam ansah, stellte er mir ein paar Fragen bezüglich meiner Erwartungen an den neuen Arbeitsplatz, die ich bei den vorangegangenen Gesprächen bereits größtenteils beantwortet hatte.

Ich wunderte mich, was das sollte. Wollte er wissen, ob ich beim zweiten Mal anders reagierte? Aber ich hatte keine Wahl, als das Spiel mitzumachen. Also beantwortete ich alles.

„Warum haben Sie eigentlich Ihren früheren Arbeitsplatz aufgegeben?", wollte er wissen.

Ich verdrehte innerlich die Augen und redete mich damit heraus, dass ich neue Herausforderungen suchen würde und ähnliches Blabla, das man in einem solchen Fall eben sagte.

„Sie wissen, dass Sie mir wärmstens empfohlen wurden?", fragte er.

Erstaunt sah ich ihn an.

Was wollte dieser Kerl von mir? Wieso traf er sich alleine mit mir in einem Lokal, um Prosecco mit mir zu trinken? Was lief hier gerade falsch?

„Nein", antwortete ich steif. „Ich habe mich ganz offiziell auf Ihre Anzeige beworben."

„Doch, doch, Ms. Martin. Ich bin auf sie aufmerksam geworden, weil sie mir von ... Ach, da ist er ja!"

Mr. Baker sprang mit einem freudigen Lächeln auf, um jemanden zu begrüßen, der hinter mir stand.

Neugierig drehte ich mich um und fiel fast vom Stuhl. Ich sauste hoch.

Was ist das für ein abgekartetes Spiel?

Eisig sah ich beide an.

„Ist unser Gespräch damit beendet?“, fragte ich Mr. Baker.

Unter diesen Umständen würde ich lieber gehen, hätte ich am liebsten gesagt.

Aber ich hielt den Mund.

„Aber nein. Wir essen zuerst noch zusammen“, antwortete Mr. Baker verwundert, zeigte auf den Stuhl neben sich und forderte Anthony auf, Platz zu nehmen.

„Ms. Martin“, begrüßte er mich förmlich. „Schön, Sie wiederzusehen.“

Ich merkte, dass meine Lippen zitterten, als ich mich zwang, ihn einigermaßen freundlich anzulächeln.

Am liebsten hätte ich ihn angefaucht, was das sollte, dass er in mein Bewerbungsgespräch platzte. Wollte er es etwa boykottieren, indem er dem Personalchef mal in allen Einzelheiten schilderte, was ich seiner Meinung nach so alles falsch machte?

„Guten Abend, Mr. Hanson“, sagte ich stattdessen.

„So ein Gespräch hatte ich auch noch nicht“, grinste Mr. Baker, als Anthony saß. „Sie müssen entschuldigen, dass ich Sie nicht vorgewarnt habe, Ms. Martin. Aber Mr. Hanson ist ein alter Schulfreund von mir und als er am Nachmittag das Treffen zu dritt vorschlug, konnte ich nicht nein sagen.“

„Nein, natürlich nicht“, antwortete ich und lächelte ebenfalls.

Ich versuchte, meine Stimme ganz ruhig klingen zu lassen, was mir nicht besonders gut gelang.

Anthony Hanson, der Mann, der mir ein Wechselbad der Gefühle bereitete, hatte also dieses Treffen in die Wege geleitet und würde den Abend über hier sein. Ich musste mich ziemlich gut im Griff behalten, um ihn weder anzufauchen noch ihm um den Hals zu fallen. Denn er sah wieder so wahnsinnig gut aus, dass mir fast die Luft wegblieb.

„Ich ... nun, ich war nur etwas überrascht“, fügte ich hinzu. „Aber ich freue mich“, ich schaute Hanson an und schoss einen giftigen Blick ab, „Sie zu sehen.“

Er lächelte mich so entspannt an, als wäre niemals etwas Böses zwischen uns vorgefallen.

Ts!

Der Kellner kam, die Männer bestellten eine Flasche Chardonnay und dann sahen wir in die Speisekarte.

Während ich blätterte, spürte ich unter dem Tisch Anthonys Bein an meinem. Schnell rutschte ich mit meinem Stuhl ein Stückchen vom Tisch ab. Diese kurze Berührung hatte einen Stromstoß durch meinen Körper geschickt.

Als ich den Blick hob, sah er mir direkt in die Augen. Und dann zwinkerte er mir zu. Ich spürte, dass ich rot anlief und sah weg.

Das kann ja heiter werden!

Ein Flirt im Beisein desjenigen, der mir die Zusage für einen neuen Job geben sollte. Am liebsten hätte ich mich nach Hause ins Bett gebeamt.

„Wenn es Ihnen recht ist, nehmen wir einen gemischten Antipasti-Teller. Was halten Sie von einer kleinen Portion Nudeln als Zwischen- und die Seezunge als Hauptgang?“, fragte Mr. Baker liebenswürdig.

Er machte den Eindruck, als hätte er von dem, was zwischen Anthony und mir vorging, nichts gemerkt und das war auch gut so!

„Es tut mir leid, aber ich befürchte, dass ich nicht so viel essen kann", entschuldigte ich mich.

Genau genommen werde ich keinen einzigen Bissen hinunterbekommen.

„Ach, was", sagte Mr. Baker jovial. „Sie essen, so viel Sie mögen. Den Rest lassen Sie sich einpacken."

Ich nickte und hoffte, dass der Abend schnell vorüber sein würde.

Ich hatte mich durch die drei Gänge gemogelt, indem ich immer nur wenige Gabeln von dem Gericht aß. Wir plauderten über Themen wie die allgemeine Wirtschaftslage, die Schwierigkeit, sich als Marktführer durchzusetzen und ähnliches. Zwischendurch schweiften die beiden Männer in Erinnerungen aus ihrer Jugendzeit ab.

„Wie geht es denn deiner Schwester, Anthony?", fragte Mr. Baker. „Ist sie immer noch so hübsch?"

„Hübscher!", sagte mein Ex-Boss und man merkte, wie stolz er auf sie war.

„Ist sie verliebt, verlobt, verheiratet?"

„Nichts von alldem", grinste Anthony.

„Vielleicht lerne ich sie ja mal kennen?", fragte Mr. Baker.

„Aber du kennst sie doch bereits!"

„Ich habe sie nur ein paar Mal bei euch zu Hause gesehen und das ist viele Jahre her."

„Wir werden sehen", wich er aus. „Meistens ist sie mit zig Freundinnen unterwegs."

Daher weht also der Wind …

Dann endlich war der letzte Happen vom Fisch gegessen.

„Möchte noch jemand ein Dessert?“, fragte Mr. Baker.

Wie aus einem Mund lehnten Anthony und ich ab.

„Dann werde ich mich verabschieden“, sagte Mr. Baker und erhob sich. „Die Rechnung geht auf mich, Anthony. Du kannst dich beim nächsten Mal revanchieren.“

„Danke für die Einladung“, sagte ich artig.

„Wir sehen uns nächste Woche, um den Vertrag zu unterschreiben, Ms. Martin.“

„Ich freue mich sehr, Mr. Baker“, sagte ich und merkte, dass ich rot wurde, weil Anthony mich anstarrte, als würde er mich zum ersten Mal sehen.

„Einen schönen Abend!“

Dann war er weg. Ich wandte mich meinem Ex-Boss zu und sah ihn böse an.

„Was haben Sie sich dabei gedacht? Waren Sie nicht Manns genug, sich mit mir alleine zu treffen?“

„Aber Rebecca, willst du nicht warten, bis mein Freund das Restaurant verlassen hat, bevor du über mich herfällst? Du willst doch den guten Eindruck, den du den ganzen Abend über vermittelt hast, nicht verderben!“

Er lachte mich frech an. Und seine Augen strahlten dabei. Überhaupt sah er sehr gelöst und fast ein wenig glücklich aus.

„Er ist schon draußen!“, fauchte ich. „Und ich wüsste nicht, wann wir beschlossen haben, uns bei den Vornamen zu nennen.“

„Sobald man sich mal geküsst hat, sollte man nicht mehr so förmlich miteinander sein.“

„Das war kein Kuss!“

„Was war es dann?“

„Ein Schubser deiner Schwester, bei dem deine Lippen zufällig auf meinen gelandet sind!“, sagte ich empört bei der Erinnerung an unsere letzte Begegnung.

„Dafür hattest du aber ganz schön fest die Arme um meinen Nacken geschlungen und ich meine, mich erinnern zu können, dass du geseufzt hast.“

„Habe ich nicht!“

„Oh, doch!“

„Grrrr ...“

„Es ist so schön, dich zu sehen“, sagte er plötzlich ganz sanft und nahm meine Hand.

Ich wollte sie wegziehen, aber er hielt sie fest.

„Hiergeblieben!“, befahl er.

„Das hat David auch immer geschrieben.“

„Nicht ohne Grund, Ms. Quickly.“

Er lachte.

„Dass du gerade diesen Namen gewählt hast“, sagte er. „Das war zu köstlich!“

„Blöder Kerl!“

„Meinst du etwa mich?“

„Wie kamst du eigentlich dazu, mich so lange an der Nase herumzuführen und ...“

Ich spürte, dass ich rot anlief, zog meine Hand weg, griff zum Glas und trank einen großen Schluck von dem Wein.

Wenn ich nur daran dachte, was ich ihm alles geschrieben hatte!

Er kam um den Tisch herum und setzte sich neben mich.

Während ich mit dem Sturm, der diese plötzliche Nähe in meinem Inneren auslöste, kämpfte, fasste er mich am Kinn und drehte mein Gesicht in seine Richtung.

„Es muss dir nicht unangenehm sein, dass du mir so viel

von dir gezeigt hast“, sagte er. „Ich habe es genossen, das alles von dir zu erfahren.“

„Ach, ja?“, fauchte ich. „Und ob ich es genossen habe, fragst du gar nicht? Welche Mitarbeiterin will solche intimen Dinge mit ihrem Boss austauschen? Und außerdem hast du mich trotzdem rausgeworfen und das gleich zweimal!“

„Ich habe dich um Vergebung gebeten, Ms. Quickly. Wie es dazu kam, habe ich dir geschrieben und du kannst dir sicher sein, dass du die erste und einzige Frau bist, der ich das alles anvertraut habe.“

Er griff nach meinen Händen und sah mir tief in die Augen. Mir wurde ganz schwindelig von diesem Blick.

„Aber du hasst doch alle Frauen“, sagte ich leise.

„Dich nicht“, sagte er zärtlich.

Er nahm mein Gesicht zwischen seine Hände und küsste mich. Sanft, liebevoll.

„Mit dir will ich zusammen sein.“

„Weil deine Schwester dir einen Tritt gegeben hat?“

„Nein! Weil *ich* das will. Und jetzt sei still. Küss mich!“

Und das tat ich dann auch.

Als ich keine Luft mehr bekam, löste er seine Lippen von meinen, nahm meine Hand und zog mich hoch.

„Komm!“, sagte er. „Ich will jetzt all diese Dinge mit dir tun, die wir uns geschrieben haben.“

Ich merkte, dass ich rot anlief.

„Aber Ms. Quickly, wer wird denn plötzlich so prüde sein?“, lachte er mich auf dem Weg nach draußen aus.

Dann blieb er mitten auf dem Gehweg stehen, nahm mich ganz fest in seine Arme und sah mich ernst an.

„Ich will mit dir zusammen sein und nicht nur heute, sondern morgen, nächste Woche, in einem Jahr. Willst du mit mir gehen?“

Ich nickte.

„Ja, das will ich tun."

Dann küssten wir uns. Sanft und leidenschaftlich und gierig. Alles auf einmal.

Und ich glaubte, in einem Traum gelandet zu sein, der nie mehr aufhören würde.

EPILOG

Das Jahr, in das ich gemeinsam mit Anthony gegangen war, neigte sich dem Ende zu. Es war so viel geschehen in dieser Zeit. Der Sex mit ihm war genauso, wie er ihn mir damals in unserer verrückten Zeit im Singleforum geschildert hatte. Nur noch viel, viel schöner! Denn zur körperlichen Lust war eine riesengroße Portion Liebe und Zärtlichkeit dazugekommen.

Beruflich war auch viel passiert. Ich hatte bei CTWL Solutions einen Jahresvertrag bekommen, der in ein paar Wochen enden würde. Das war auch gut so. Denn ich hatte neue Pläne.

„Ms. Martin, hängt das Schild jetzt gerade?"

„Links noch ein bisschen höher", rief ich.

„So?"

„Noch ein kleines bisschen höher!"

„Aber nicht zu viel", mischte sich Anthony ein.

Er hatte sich von hinten an mich rangeschlichen und die Arme um mich gelegt.

„Wir wollen doch nicht mit einer Schieflage beginnen", lächelte er und drückte mich noch ein wenig fester an sich.

„Und jetzt, Ms. Martin?“, rief der Handwerker noch einmal von seiner Leiter herunter.

„Perfekt!“

„Da sieht man mal, wer als Boss angesehen wird in der neuen Firma“, grinste Anthony.

Ich lachte.

„Freust du dich?“, fragte ich. „Ich meine, freust du dich, das hier“, ich zeigte auf das Gebäude vor uns, „mit mir gemeinsam zum Erfolg zu führen?“

„Und wie ich mich freue!“

„Keine schlechten Gefühle? Keine Angst, dass ich etwas tun könnte, das dir schadet?“, bohrte ich weiter.

Ich wollte es einfach noch einmal aus seinem Mund hören.

„Liebes, du hast mir in der wunderbaren Zeit, die wir zusammen sind, gezeigt, was Verlässlichkeit, Zusammenhalt und Vertrauen bedeuten.“

„Ach, ich bin so glücklich mit dir!“, sagte ich und drehte mich zu ihm um, weil ich ihm unbedingt einen Kuss geben musste.

„Fertig!“, rief der Handwerker zufrieden.

„Schau!“, sagte Anthony und zeigte zu unserem Schild. „Two hundred and twenty Consulting“, las er vor.

„Zusammen geben wir halt immer zweihunderzwanzig Prozent“, grinste ich.

„Du einhundertfünfzig und ich siebzig?“, neckte er mich. Dann wurde sein Blick ernst. „Wird dein Personalchef dich früher gehen lassen?

„Ich denke, Bianca sollte mal mit ihm reden.“

Baker hatte keine Ruhe gegeben, bis Anthony endlich eine Verabredung zu viert arrangierte. Was niemand erwartet hatte: Baker und Bianca verliebten sich Hals über Kopf ineinander und waren seither unzertrennlich.

„Dann kann er ja gar nicht anders als zuzustimmen“, lachte Anthony.

„Und du?“, fragte ich ihn. „Wirst du den Jahresvertrag mit mir auch dieses Mal wieder kündigen?“

Mein Liebster schenkte mir einen zärtlichen Blick.

„Nein, das habe ich nicht vor. Der Vertrag wird verlängert. Ich bin für lebenslänglich!“

Er löste seine Arme von mir und zog ein Kästchen aus seiner Tasche hervor.

„Ich wollte damit bis zum richtigen Moment warten. Und der scheint jetzt gekommen zu sein. Über alles geliebte Ms. Quickly ...“

Er klappte das Kästchen auf und nahm meine Hand.

Poch, poch, poch ... machte mein Herz.

„Würdest du mir die Ehre erweisen, nicht nur beruflich, sondern auch privat für immer an meiner Seite zu sein?“

„Ja, ja, ja!“, jubelte ich und warf meine Arme um seinen Hals.

Da schob er mich ein Stückchen von sich weg und strahlte mich glücklich an.

„Nicht so schnell, Ms. Quickly“, sagte er liebevoll.

Dann nahm er den Ring aus dem Kästchen, steckte ihn mir an und küsste mich ...

„Für immer und ewig“, flüsterte mein Herz.

Ende

LIEBE LESERIN, LIEBER LESER …

konnte ich dich mit der Geschichte von Rebecca und ihrem Bad Boss Anthony Hanson gut unterhalten? Ich hoffe, du hast gerade genickt.

Falls sie dir gefallen hat, wäre es toll, wenn du Lust hättest, eine Rezension zu schreiben. Wenn du dich per Mail bei mir meldest, kommt dein Name in den Lostopf für einen schönen Gewinn.

Falls du etwas gefunden hast, das dir nicht so gefallen hat: Dann schreibe es mir bitte. Ich freue mich über Anregungen und Meinungen: **Cleo_Lavalle@yahoo.de**

Falls du gerade wegen des Namens gestutzt hast … Ich schreibe unter zwei Pseudonymen. Schau doch auch bei der Cleo vorbei, wenn du Lust hast. Am Ende des Buches findest du eine Liste mit allen Büchern.

Falls du immer auf dem Laufenden bleiben und mit mir befreundet sein willst, **freue ich mich sehr**. Du hast dafür zwei Möglichkeiten:

1. du schickst mir eine Mail: **Cleo_Lavalle@yahoo.de**

2. du schickst mir bei Facebook eine Freundschafts-anfrage.

Entweder an **Anabelle Wildbuch oder an Cleo Lavalle**. Ganz, wie du willst.

Ich *liebe* es, mit meinen LeserInnen in Kontakt zu sein und es wäre toll, auch dich kennenzulernen. Magst du?

Ich freu mich drauf!

Deine Anabelle

P.S.: Schau doch mal, welche Bücher ich sonst noch veröffentlich habe. Vielleicht ist noch eins dabei, das dir gefällt.

Bis bald!

DANKSAGUNG

Danke an meine lieben Testleserinnen! Jede von euch hat mir auf ihre Art und Weise geholfen: **Claudia Lenger, Steffi Freyer, Christine B., Ruth Pöß** und **Romina Weber**. Es ist schön, dass ihr meine Freundinnen seid!

Danke dir, lieber **Johannes Zum Winkel**, für deine Unterstützung. Ich freue mich schon, wenn mein Buch wieder auf deiner Seite steht: **www.xtme.de**!

Danke auch an alle meine **Facebook-FreundInnen**. Ihr macht mein Leben bunter und schöner.

Und der wichtigste Dank gilt meinen lieben **Leserinnen** und **Lesern**! Ohne euch gäbe es uns AutorInnen nicht.

BAD BOSS XMAS

Nicht nur schön zur Weihnachtszeit ...

Er kann sie nicht leiden. Sie hasst ihn. Doch dann sind sie alleine in einer Hütte im Wald ...

Brandon Cooper, der Bad Boss aus Chicago: kalt, egoistisch, gnadenlos gegenüber Frauen. Aber ... höllisch sexy! Für die Weihnachtstage bei seinen Eltern braucht er das „nette Mädchen von nebenan".

Manu, die Praktikantin aus Heidelberg: Sie will nur eins ... in Chicago bleiben! Dafür braucht sie eine Festanstellung in Coopers Firma. Doch wie weit wird sie dafür gehen?

Als sie wegen eines Schneesturms in einer Hütte unterschlüpfen, kommt es zum Kampf der besonderen Art zwischen den beiden. Vorsicht, heiß!

Doch erst das Geheimnis, das im Haus von Brandons Eltern auf Manu wartet, zwingt sie zu einer Entscheidung, die sie nie treffen wollte.

BAD BOSS LOVE

April

Ein verdammter Wecker, eine Luxuslimousine und ein voller Kaffeebecher sind schuld daran, dass Aprils Leben sich mit einem Schlag ändert. Als sie im Bett eines unerhört sexy Kerls landet, hat sie keine Ahnung, mit wem sie sich da eingelassen hat.

Mason

„Du kannst mir eine graue Maus nackt auf den Bauch binden, da wird sich nichts bei mir regen." Wenn sich Bad Boss Mason Blair da mal nicht irrt! Als er April kennenlernt, ahnt er nichts von ihrer wahren Identität. Erst, als ihm der Trip mit seinem Privatjet zum Verhängnis wird, ändert sich auch sein Leben in eine Richtung, mit der er nicht gerechnet hat.

Eine rasante Geschichte, gespickt mit Spannung, Romantik und sehr heißen Szenen.

BAD BOSS SECRET

Cole und Madison: Jeder hat sein Geheimnis, von dem der andere nichts erfahren darf.

Madison: Ich will Gerechtigkeit und dafür werde ich alles tun. Alles!

Seit ihre geliebte Farm abgebrannt ist, sind Wut und Rachegelüste ihr einziger Lebensinhalt. Um Cole Westmoore zur Strecke zu bringen, lässt sie sich als neue Assistentin bei ihm einschleusen. Als er sie beim Schnüffeln erwischt, ist sie sogar bereit, den verhassten Bad Boss zu verführen. Doch dann kommen Gefühle ins Spiel und sie muss sich entscheiden: Rache oder Liebe?

Cole: Ich mag es, wenn Frauen den Jagdinstinkt in mir wecken.

Es ist nicht zu übersehen, dass seine neue Assistentin etwas gegen ihn im Schilde führt. Als sie versucht, ihn für dumm zu verkaufen, weckt das seine Lust, mit ihr Katz und Maus zu spielen. Doch dann entdeckt er ihr Geheimnis und aus dem Spiel wird plötzlich Ernst.

WEITERE BÜCHER VON PASSION BOOKS

Vom Wikinger entführt

„Wer hätte gedacht, dass uns Odin zu einem solchen Schatz führt“, schwärmt der Wikinger-Kapitän. Seine Hände drehen Elfruns zierlichen Körper einmal um sich selbst, und als sie ihre kleinen Fäuste zornig hebt und sich sträubt, lacht er nur.

„Wir freuen uns, Dir mitteilen zu dürfen, dass Du für ein ganz besonderes Erlebnis ausgewählt wurdest: Eine Reise, die Deine geheimsten Wünsche und Sehnsüchte erfüllen wird."

Nina hasst ihr Leben. Tag ein Tag aus muss sie im Callcenter genervte Kunden anrufen. Nur wenn sie sich mit der Malerei beschäftigen kann, ist sie glücklich. Aber ein Leben als Künstlerin – wird sie dafür den nötigen Mut aufbringen? Ein Brief von Fantasy Island ändert alles ...

Die junge Elfrun wird von Wikingern aus ihrem Dorf entführt. Ihr ist ein Schicksal bestimmt, dass sie sich in ihren kühnsten Träumen nicht hätte vorstellen können.

Jetzt für Kindle erhältlich!

Passion Books
Otto-Kraus-Str. 10
90411 Nürnberg

Cover
Antoneta Wotringer Grafikdesign
http://antoneta-design.com/
unter Verwendung von
depositphotos Datei-ID: 97485200 / Urheberrecht: Slava_14123

Printed in Poland
by Amazon Fulfillment
Poland Sp. z o.o., Wrocław

54609554R10094